AF197963

Tucholsky Wagner Zola Scott Sydow Freud Schlegel
Turgenev Wallace Fonatne
Twain Walther von der Vogelweide Fouqué Friedrich II. von Preußen
Weber Freiligrath Frey
Fechner Fichte Weiße Rose von Fallersleben Kant Ernst Richthofen Frommel
Hölderlin
Engels Fielding Eichendorff Tacitus Dumas
Fehrs Faber Flaubert
Eliasberg Ebner Eschenbach
Feuerbach Maximilian I. von Habsburg Fock Eliot Zweig
Ewald Vergil
Goethe Elisabeth von Österreich London
Mendelssohn Balzac Shakespeare Dostojewski Ganghofer
Trackl Lichtenberg Rathenau Doyle Gjellerup
Stevenson Hambruch
Mommsen Thoma Tolstoi Lenz Hanrieder Droste-Hülshoff
Dach Verne von Arnim Hägele Hauff Humboldt
Reuter Rousseau Hagen Hauptmann
Karrillon Garschin Gautier
Damaschke Defoe Hebbel Baudelaire
Descartes
Wolfram von Eschenbach Schopenhauer Hegel Kussmaul Herder
Bronner Darwin Dickens Rilke George
Melville Grimm Jerome
Campe Horváth Aristoteles Bebel Proust
Bismarck Vigny Barlach Voltaire Federer Herodot
Gengenbach Heine
Storm Casanova Tersteegen Gilm Grillparzer Georgy
Chamberlain Lessing Langbein Gryphius
Brentano Lafontaine
Strachwitz Claudius Schiller Kralik Iffland Sokrates
Katharina II. von Rußland Bellamy Schilling
Gerstäcker Raabe Gibbon Tschechow
Löns Hesse Hoffmann Gogol Wilde Vulpius
Luther Heym Hofmannsthal Gleim
Roth Klee Hölty Morgenstern Goedicke
Luxemburg Heyse Klopstock Kleist
La Roche Puschkin Homer Mörike
Machiavelli Horaz Musil
Navarra Aurel Musset Kierkegaard Kraft Kraus
Nestroy Marie de France Lamprecht Kind Kirchhoff Hugo Moltke
Nietzsche Nansen Laotse Ipsen Liebknecht
Marx Ringelnatz
von Ossietzky Lassalle Gorki Klett Leibniz
May vom Stein Lawrence Irving
Petalozzi Platon Knigge
Sachs Poe Pückler Michelangelo Kock Kafka
Liebermann Korolenko
de Sade Praetorius Mistral Zetkin

Der Verlag tredition aus Hamburg veröffentlicht in der Reihe **TREDITION CLASSICS** Werke aus mehr als zwei Jahrtausenden. Diese waren zu einem Großteil vergriffen oder nur noch antiquarisch erhältlich.

Symbolfigur für **TREDITION CLASSICS** ist Johannes Gutenberg (1400 — 1468), der Erfinder des Buchdrucks mit Metalllettern und der Druckerpresse.

Mit der Buchreihe **TREDITION CLASSICS** verfolgt tredition das Ziel, tausende Klassiker der Weltliteratur verschiedener Sprachen wieder als gedruckte Bücher aufzulegen – und das weltweit!

Die Buchreihe dient zur Bewahrung der Literatur und Förderung der Kultur. Sie trägt so dazu bei, dass viele tausend Werke nicht in Vergessenheit geraten.

Die Orgelpfeifen

Elisabeth von Heyking

Impressum

Autor: Elisabeth von Heyking

Umschlagkonzept: toepferschumann, Berlin

Verlag: tredition GmbH, Hamburg
ISBN: 978-3-8424-0582-0
Printed in Germany

Elisabeth von Heyking

Die Orgelpfeifen

Ende Juli war Großmamas Geburtstag. Da pflegten sich die drei Enkel, denen sie seit vielen Jahren Vater und Mutter ersetzt hatte, um sie zu versammeln. Der älteste kam aus seiner Garnison, wo er als Leutnant in einem Kavallerieregiment stand, und auch der zweite, der Marineoffizier war, wußte es meist einzurichten, daß er in der Zeit Urlaub erhielt. Der jüngste aber bekam für diesen Tag Ferien aus seinem benachbarten Internat, denn Großmama galt in der ganzen Gegend, wo sie so lange angesessen war, schon ihres hohen Alters halber, als etwas ganz Besonderes, da erwies ihr sogar der knurrige Direktor gern eine besondere Artigkeit.

Auf dem Schloß, wo Großmama seit vielen, vielen Jahren lebte, und wo die Enkel ihre ganze elternlose Kindheit verbracht hatten, wurde der Geburtstag alljährlich gefeiert. Die rundungsreiche Mamsell, die so aussah, als bestände sie aus lauter einzelnen festgestopften Kissen und Kißchen, mußte dafür Berge von belegten Brötchen richten und außer der eigentlichen Geburtstagstorte noch viele Kuchen backen, denn eine Menge Gratulanten pflegten zu kommen, und allen wurde ein Imbiß vorgesetzt. Die Postboten stiegen an dem Tage gar oft den steilen Weg zum Schloß hinauf mit Stößen von Briefen und Telegrammen. Auch Schachteln brachten sie, denen der Gärtner große Sträuße von Blumen entnahm; die kamen von Freunden Großmamas aus Städten, und sie mußten dort wohl etwas Künstliches angenommen haben, denn sie rochen anders als die Blumen im Garten. Der feierlichste Moment aber war der Kirchgang in die Schloßkapelle, denn auf welchen Tag Großmamas Geburtstag auch immer fallen mochte, es war doch jedesmal, als ob es Sonntag sei. Die Schloßkirchenglocke läutete, der alte Pastor und der alte Kantor kamen aus dem Dorf herauf, und es wurde ein richtiger Gottesdienst gehalten. Alle Jahre hatten das die Enkel erlebt, und schon als sie noch ganz klein gewesen, hatten sie an dem Tage mit in die Kirche gedurft. In der Loge saßen sie artig auf den hohen roten Damaststühlen, standen auf, sangen, setzten sich wieder – alles genau wie Großmama es tat.

Sie gingen gern in die Kirche, denn wenn es auch im Schloß viele Winkel und Räume gab, die ihnen merkwürdig erschienen, so war die Kirche doch der merkwürdigste Ort. Und so angenehm gruselig war es zu denken, während man oben saß, daß tief unter der Kirche in einem gewölbten Räume, den man die Gruft nannte, die Särge der frühern Besitzer und ihrer Frauen standen. Auch Kinder mußten da beigesetzt sein, denn vom Garten aus konnte man, wenn man sich glatt in den Efeu am Boden legte, durch schmale Fenster in die Gruft hinabblicken, und da standen zwischen den großen auch manche kleine Särge. Unter dem ganzen Schloß gab es diese gewölbten Räume. Aber wenn man von draußen in die andern blickte, sah man da Kartoffeln, Kohlen, Äpfel und viele Weinflaschen liegen, nur unter der Kirche lagen tote Menschen, die all solcher Dinge nicht mehr bedurften.

Daß auch die eigenen Eltern da lagen, wußten die Kinder damals noch nicht. Das erfuhren sie später, wie so manches andere, ohne sich besinnen zu können, wann und von wem. Es gab eben Dinge, die wußte man plötzlich, als man anfing groß zu werden.

So dunkel und schauerlich die Gruft aussah, wenn man durch die blinden, bestaubten Scheibchen der kleinen Fenster hineinblickte, so hell und freundlich war oben die Kirche. Sie war ganz weiß und golden und zwischen all dem Weiß und Gold waren noch viele Bilder aus der biblischen Geschichte angebracht. Oben die Decke aber war so gemalt, daß es aussah, als schaue man zwischen Säulen und Bogen in einen zu allen Jahreszeiten blauen Himmel. In dem schwamm, gerade in der Mitte in einem Dreieck goldener Strahlen, ein großes offenes Auge. Das sei das Auge Gottes, das alles sieht, hatte ihr Fräulein den Kindern erklärt. Zwischen den Säulen und Bogen flatterten Engel mit bunten Flügeln und wehenden Gewändern. Aber sie waren merkwürdig verzerrt, und auch die Bogen und Säulen schienen ganz schief, als müßten sie gleich umstürzen; nur von Großmamas Platz mitten in der Loge aus gesehen wurde alles plötzlich gerade und richtig. Von da bemerkte man auch, daß all die Engel so gemalt waren, daß sie genau auf Großmama blickten. Das dünkte die drei Kinder besonders bei der Geburtstagsfeier sehr passend: offenbar gratulierten die Engel Großmama auf diese Weise. Manche der Engel hielten lange, goldene Trompeten an ihre roten Lippen, aber was sie so mit dicken, aufgepusteten Backen bliesen, hörte man nicht. Dafür hörte man den Kantor auf der Orgel spielen.

Die Orgel stand auf der einen Seite der Altarempore. Sie war in ein weißgoldenes Gehäuse eingebaut. Das Schnitzwerk seines Gesimses stellte kleine, pausbäckige Engelchen dar, die zwischen allerhand Schnörkeln, wie in einem Irrgarten gefangen saßen. Die Kinder hatten diese Engelchen immer mit besonderer Neugier betrachtet. Was für ein Spiel mochten sie wohl dort oben spielen? Verstecken oder Blindekuh? Unterhalb dieses Gesimses glänzten die Orgelpfeifen blitzblank, wie das Tafelsilber, wenn Großmamas Diener es eben geputzt hatten. Es gab da ganz große, dicke Pfeifen. Sicher waren sie es, die sprachen, wenn es aus der Orgel so schallte, daß man an die Stimme des Jüngsten Gerichts denken mußte, von der der alte Pastor mal auf der Kanzel geredet hatte. Neben diesen ganz großen, breiten Pfeifen standen in Reihen andere, die immer kleiner und schmäler wurden, so daß die dünnsten an den Lauf der Büchse erinnerten, mit der Großmamas Förster auf die Jagd ging. Deren Stimmen waren sicher die feinen, leisen, die manchmal noch ganz lang durch die Kirche klangen, wenn das eigentliche Stück schon vorüber war, das der alte Kantor, mit Händen und Füßen arbeitend und stark schnaufend, auf der Orgel gespielt hatte. Leise, leise war dieser Ton. An das Jüngste Gericht dachte man dabei gar nicht. Aber das Wort »Sternensprache«, das die Kinder irgendwo gehört, fiel ihnen dabei ein. Vielleicht hatte der Stern, der die Hirten zum Jesuskindchen führte, auf seinen Strahlen so feine, sanfte Töne in die Weihnachtsnacht herabgesandt.

Ja, es war eine sehr schöne Orgel. Und sie war sehr alt, wie eigentlich alles auf dem Schlosse alt war. Nur die Zentralheizung war neu und die Waschtische, bei denen man bloß an Hähnen zu drehen brauchte, um kaltes oder warmes Wasser zu haben. Die hatte Großmama erst einsetzen lassen, und es war das auch etwas sehr Merkwürdiges, wie das Wasser so eilig aus der Wand herausgurgelte, und es sollte doch dasselbe Wasser sein, das oben in Großmamas

Wald zwischen Farnkraut und vermodernden braunen Blättern als kleine Quelle aus der Erde sickerte – aber die Orgel mit den vielen verschiedenen Stimmen in den Pfeifen war doch noch weit geheimnisvoller.

Einmal kam ein fremder Herr aus der Stadt, der die Orgel besehen wollte, denn er schrieb ein großes Buch über alle alten Orgeln, und dabei durfte die von Großmama doch natürlich nicht fehlen. Großmama selbst führte den Herrn in die Kirche, und der alte Pastor und der alte Kantor waren auch da. Die Kinder spielten gerade im Schloßhof, aber als sie die Kirchtür offen sahen, liefen sie auch hinein. Großmama stand da in ihrem weißen Kleid, auf den Stock gestützt, dessen Krücke ein weißes Porzellanmäuschen bildete. Und sie erzählte gerade dem fremden Herrn von der Orgel.

»Nach dem Dreißigjährigen Krieg hat das Schloß lange verwüstet dagestanden,« sagte sie, »aber später, als von Versailles aus über Dresden die Baulust alle hiesigen großen und kleinen Herren ergriff, da hat der damalige Besitzer das Schloß mit der Kapelle neu hergestellt, und die Orgel ließ er von dem berühmten Johann Gottfried Silbermann erbauen.«

»Ja, ja,« sagte der fremde Herr mit pfiffigem Schmunzeln, »das waren noch prunkhaft heitere Zeiten. Und der damalige Besitzer soll ja auch ein prachtliebender, ausgelassener Herr gewesen sein.«

»Aber die Kirche und die Orgel hat er doch zur Ehre Gottes bauen lassen,« warf der alte Pastor ein, dessen freundliche Äugen stets die löblichen Seiten an Menschen und Dingen zu sehen wußten.

»Ob er das wirklich zur Ehre Gottes getan?« sagte Großmama, und ihre Augen sahen forschend unter den weißen Brauen hervor. »Ich denke mir eher, er wollte eine schönere Kirche als all die Nachbarschlösser haben, und es geschah daher mehr zur eigenen als zur Ehre Gottes.«

»Vielleicht muß man schon froh sein, wenn beide zusammentreffen,« meinte der alte Pastor sanft.

Doch nun gewahrte der fremde Herr die drei Enkel, die mit großen Augen eifrig lauschend in dem hellen Viereck standen, das das Sonnenlicht durch die offene Tür auf den Steinboden der Kirche warf. »Oh, was für reizende Kinder!« rief er. »Als ob die Engelchen vom Orgelgehäuse lebendig geworden und herabgestiegen wären, so stehen sie da.«

»Na, verwöhnen Sie sie mir nicht, Herr Professor,« sagte Großmama. »Engelchen sind sie nicht gerade, und wenn sie schon mit der Orgel eine Ähnlichkeit haben sollen, so ist es nur mit den Pfeifen.« Dabei schob sie die Enkel nach Alter und Größe in Reih und Glied und sagte: »Sehen Sie, so stehen sie richtig, meine lebendigen Orgelpfeifen.«

Das war, nach dem Zeitmaßstab der Enkel, nun schon lange her, denn damals, als der gelehrte Herr gekommen war, der von der Orgel in seinem Buch erzählen wollte, hatte man erst ein paarmal die Jahreszahl mit einer neun nach der eins zu schreiben begonnen. Seitdem waren Jahre vergangen, und die drei Enkel waren immer länger in die Höhe geschossen, so daß Großmamas damaliger Vergleich mit den Orgelpfeifen mehr und mehr stimmte. Das Gymnasium hatten die beiden ältern längst hinter sich, und auch der jüngste saß schon in der Prima. Während der Schuljahre hatten sie viel lernen müssen. Bei manchem freilich hatten sie die Empfindung gehabt, daß sie es für die Prüfung zwar behalten müßten, gleich nachher aber sicher vergessen würden, weil es von lauter Leuten und Ländern handelte, die sie nichts angingen. Daneben hatten sie aber auch einiges erfahren, das sie nie wieder aus ihren jungen Köpfen herauslassen würden, weil sie es als zu sich gehörig empfanden. Ländlich bodenständige Kinder waren die drei und wurzelten mit allen Herzensfasern in dem Stückchen Erde, das sie Heimat nannten. Bei Spielen wollten sie auch nie Römer, sondern immer Germanen sein, und als ihnen ihr damaliger Hauslehrer sagte, die Römer hätten jene Germanen Barbaren genannt, da lachten sie nur und riefen trotzig: »Ach was, Barbaren! Unsere Vorfahren waren es!« Die Geschichte ihrer Gegend kannten sie ganz genau und wußten, welche Schlösser ursprünglich Burgen gewesen, die die Deutschen gegen die Wenden errichtet hatten. Es war aber auch eine Gegend, über die sich viel lernen ließ, und weltbekannte Orte enthielt sie, bei deren Nennung man stolz oder traurig werden konnte, je nachdem. Im Herzen Deutschlands, wie der Hauslehrer sagte, lag ja Großmamas Schloß, und auf Fußwanderungen oder auch mit dem Auto, das Großmama seit einigen Jahren besaß, gelangte man leicht an die berühmtesten Stätte. Erfurt, wo Luther studierte, lernten die Knaben auf solchem Ausflug kennen, und die Wartburg besuchten sie, wo er wohlgehütet gesessen. Der furchtbare Krieg, der dann über Deutschland gekommen, hatte gerade in ihrer Gegend so manche Erinnerung hinterlassen. In Magdeburg waren sie in dem Dom gewesen, der allein nach dem Brand bei der Tillyschen Belagerung übriggeblieben, und in Weißenfels kannten sie das Zimmer, wohin Gustav Adolfs Leiche von Lützen aus gebracht worden. Auch erfüllte es sie mit Stolz, daß zwei Siege Friedrichs des Großen, bei Roßbach und Torgau, auf ihrem nähern Heimatboden erkämpft worden waren. Aber auch jüngere Begebenheiten hatten sich nicht weit von Großmamas Schloß zugetragen. Saalfeld gehörte zur Nachbarschaft, und nach Jena oder Leipzig konnte man in einstündiger Fahrt gelangen. Und weil sie diese Orte von klein auf kannten, waren die Napoleonischen Kriege für Großmamas Enkel wie Selbsterlebtes. Ihr Schloß selbst hatte in jenen Jahren viele Einquartierungen gesehen; an den Türen einiger Zimmer standen noch die Namen verbündeter österreichischer Offiziere, die damals darin gewohnt, und diese Aufschriften wurden sorgfältig bewahrt.

Ja, damals war ihr Deutschland zum letztenmal der Kampfplatz der Völker gewesen. Kriege hatte es seitdem freilich noch gegeben, aber sie waren von den Deutschen in Feindesland getragen worden. Und unter diesen neueren Kriegen gab es einen, der ging die drei Knaben ganz besonders nahe an. Das war der Krieg 70, denn in dem war der Großpapa gefallen und auch der älteste Sohn von Großmama, der als achtzehnjähriger Freiwilliger hinausgezogen und nicht heimgekehrt war. Ihr eigener Vater, Großmamas zweiter Sohn, war damals noch auf der Schule gewesen, zu jung, um mit ins Feld zu können. »Gottlob,« sagte Großmama leise, als sie ihnen davon erzählte, so leise, daß man dies Dankeswort kaum hörte, denn sie war nicht ganz sicher, ob sie das vor den Enkeln eigentlich sagen durfte. Den Enkeln, die doch so erzogen werden sollten, daß das Fehlen kräftig führender Männerhände nie an ihnen gemerkt würde. Aber dem ererbt heldischen Sinn der Knaben schadete solch leises Wort nichts. Wenn sie auf den Steintafeln an den Wänden der Kirche die Namen der toten Vorfahren lasen, so erfüllten sie immer jene mit besonderm Stolz, die in Kriegen das Leben gelassen. Und es waren ihrer gar manche. Am andächtigsten stimmte sie die Gedenktafel für den Großvater und den jungen Onkel, die beide draußen im Kampf gegen Frankreich geblieben waren. Prachtvoll! mit achtzehn Jahren fürs Vaterland fallen zu dürfen! dachten sie dann immer alle drei, und die drei Herzen klopften dabei zum Zerspringen.

Auf diese Gedenktafel hatte Großmama die Worte einmeißeln lassen:»Saat, von Gott gesät, dem Tage der Garben zu reifen.« Früh mußten diese beiden dem allsehenden Auge droben im blauen Himmel reif erschienen sein. Viel früher als es Menschenurteil verstand, waren sie in die Garben gebunden worden. Und auch die nächsten Gedenksteine für der Kinder Eltern verzeichneten Leben, die kurz gewesen an Jahren. Früh reif befundene auch sie, die gegangen waren, da sie auf Erden doch noch so nötig schienen. Aber wer wollte denn sagen, wo im Weltall die Not am höchsten, wo jener Ewigkeitsbestandteil, den jede flüchtige Erscheinung als innersten Wesenskern enthält, zu neuer Verwendung am dringendsten gebraucht werden mag?

Ja, viele waren gegangen, nur Großmama blieb und wurde älter und älter. Vierundvierzig Jahre waren verstrichen, seit sie durch den Krieg 70 Witwe geworden, und jetzt, Ende Juli, sollte sie ihren achtzigsten Geburtstag feiern.

Das war kein Geburtstag wie alle andern, und die ganze Nachbarschaft hatte denn auch schon lange vorher beschlossen, daß er festlicher noch als sonst begangen werden solle. Die Enkel wollten natürlich dazu kommen. Dem Leutnant aus der nahen Garnisonstadt war das ein leichtes, und dem jüngsten hatte der Direktor des Internats im voraus bereitwillig Ferien versprochen, aber auch für den Marineenkel traf es sich so günstig, daß er gerade kurz vorher von weiter Fahrt in den heimischen Hafen zurückgekehrt war.

Am Nachmittag vor Großmamas Geburtstag trafen die drei Enkel ein, und als sie auf der kleinen Station ausstiegen, wollte es nicht nur dem Seemann, sondern ihnen allen scheinen, als hätten sie die Heimat nie so lachend und leuchtend gesehen. Segen war über die ganze Gegend gebreitet. Segen auf dem reifenden Korn, den blühenden Kartoffeln, den beladenen Obstbäumen an Straßen und Hängen. Segen auf diesem ganzen Landstrich mit seinem nie versagenden Boden, der meilenweit zu Gärtnereien ausgenützt wurde, mit seinen schmucken, spalierumkleideten Häusern, in denen es wirkliche Armut überhaupt nicht gab.

Und wohl anzuschauen wie das Land waren auch die jungen Leute, die auf der kleinen Station dem Zuge entstiegen. Hoch aufgeschossen alle drei, mit langen Gliedern und praktisch zugreifenden, magern Händen, mit feingeschnittenen, noch weichen Zügen und klaren, unbefangen blickenden Augen. So standen sie da, jeder dem andern ähnlich. Eine gute Masse in drei beinah gleiche Formen gegossen.

Aber während sonst unbekümmerter Frohsinn die Brüder kennzeichnete, hatten sie heut etwas ernst Erwartungsvolles im ganzen Wesen. Und dieses seltsam Erwartungsvolle lag auch auf der kleinen, friedlichen Station, lag in jedem Gesicht, das die Ankommenden begrüßte. Ob sie vielleicht Neueres als die letzten Depeschen brächten? fragten die ihnen von Kindheit her Bekannten. Aber sie schüttelten die blonden Köpfe, wußten auch nur, daß Versuche gemacht würden, den Frieden zu erhalten, und daß man noch hoffe, es werde gelingen – eine Hoffnung freilich, die eigentlich nur ein das Schreckliche Nichtglaubenwollen und -können bedeute. Und während sie also erzählten, war es, mitten im leuchtenden Nachmittagssonnenschein, als breite eine ungeheure, dräuende Wolke ihren Schatten unheilvoll über das lachende Sommerland. Und sie empfanden, daß in diesem Augenblick nicht nur sie hier an der kleinen Station, nein, wohl die ganze Welt, hinaus in die Zukunft mit der gleichen, bangen Frage blickte: Konnte das Gewölk noch vorüberziehen, oder mußte der zündende Blitz ihm entfahren?

Oben am großen Portal des Schlosses stand schon Großmama, die Enkel erwartend. Großmama mit dem feinen, welken Gesicht und den klugen, forschenden Augen, so wie die Enkel sie immer gekannt, in weißem Gewand und gestützt auf den Stock, dessen Krücke ein weißes Porzellanmäuschen bildete. Als sie die drei nun wirklich aus dem leichten Jagdwagen steigen sah, ging freudiges Aufleuchten über das alte Antlitz, und sie sagte zu den beiden Ältesten: »Daß ihr überhaupt kommen konntet, gibt mir wieder Hoffnung.« Aber der Kavallerist antwortete: »Den Urlaub hatte ich ja schon erhalten, noch ehe es so brenzlig wurde, und der Kommandeur sagte, ich solle man ruhig fahren, um dich auf alle Fälle noch zu sehen – aber ich kann jeden Augenblick zurückgerufen werden.« Gleiches sagte der Seemann, und der Primaner rief:»Aber, das weißt du, Großmama, wenn es losgeht, meld' ich mich auch gleich, die ganze Prima geht ja dann mit.«

Bald waren die Enkel dann davongelaufen, denn wenn sie heimkehrten, war es jedesmal wie ein ungeheures Wiedersehensbedürfnis, ein neues Besitzergreifen. Durch alle Räume des Schlosses ging es im Sturm, wie um festzustellen, daß alles noch sei, wie es von jeher gewesen, vor allem rasch einmal in den Stall zu den Gäulen. Die schlanken Pferde des Jagdwagens wurden eben vom Stallknecht nach der heißen Fahrt abgerieben und mit leichten Decken belegt.»Werden die auch fort müssen?« fragte der Seemann. Und halb stolz, halb wehmütig antwortete der Kutscher:»Natürlich! Sie sind alle vorgemerkt, die Frau Gräfin hat doch nur solche Pferde.«

Die eigenen Zimmer hatten sich die Enkel nach persönlichem Geschmack eingerichtet. Rennbilder herrschten bei dem ältesten vor, zwischen Jagdbüchsen und Geweihen. Sportblätter lagen herum, und auf einem sonst wenig beschwerten Bücherregal standen etliche landwirtschaftliche Werke. Der älteste Enkel sollte ja die Güter übernehmen, und Großmama hielt darauf, daß der Inspektor schon jetzt die ganze Wirtschaft mit ihm besprach. Großmama hätte ihm schon längst alles gern abgetreten, doch bisher hatte er sich geweigert, wollte sein geliebtes Soldatenleben noch nicht missen. Und auch jetzt in seinem Zimmer, durch die offene Tür mit den Brüdern redend, sagte er:»Wie gut, daß ich noch beim Regiment geblieben bin – denkt mal, wenn ich jetzt schon Reserveonkel wäre!«

Anders sah es beim Seemann aus. Schon im Kinderbadewännchen hatte er immer ein Schiffchen zum schwimmen haben wollen, und später richteten sich all seine Knabenwünsche auf Kreuzer und Torpedoboote, die dann im Gartenteich alle Arten von Maschinendefekten und schweren Havarien erlitten. Seine Lieblingslektüre waren stets Marinegeschichten gewesen, und manche dieser Bücher standen noch jetzt in seinen Zimmer neben den Andenken an ferne Häfen von der ersten großen Seereise auf dem Schulschiff. Es hatte ja von klein auf bei ihm festgestanden, daß er zur Marine gehen würde, und Großmama hatte ihre Einwilligung geben müssen zu diesem in der Familie neuen Beruf. Seine Gefahren schreckten sie, aber gerade deshalb hatte sie zugestimmt, hinter geschlossenem Visier die eigene Sorge verbergend – Ängstlichkeit wenigstens sollten die Kinder nie an ihr kennenlernen.

Neben dem Seemann hauste der Primaner. Wie jenen das Wasser, zog diesen die Luft an, und ein großer Bastler war er von jeher gewesen. Die ersten Drachen hatte er sich mit viel Gummi und klebrigen Fingern selbst zusammengeleimt; Windmühlen wurden sein nächstes Ziel, und jetzt stand in einem leeren Raum neben Großmamas Garage ein seltsam vogelartiges Ungeheuer, das ein Flugzeug werden sollte.»Am liebsten ginge ich doch als Flieger mit,« erklärte er dem seefahrenden Bruder,»aber die Ausbildung dauert zu lange, da käme ich womöglich gar nicht mehr raus, ehe wir fertig gesiegt haben.« –»Wenn die Engländer sich etwa unsern Feinden zugesellen sollten, wird's nicht so schnell gehen,« erwiderte bedächtig der andere.

Nach dem ersten Rundgang kehrten die Enkel in den Garten zurück, wo Großmama in schützender Laube den Tee zu trinken pflegte. In buchsumsäumten Beeten standen da duftende Levkoien von zarten, unbestimmten Färbungen, den verblaßten Kleidern gleich auf den Pastellbildern der gepuderten Ahnfrauen; große, vielfarbige Skabiosen erhoben sich darüber, wie die zu den Kleidern passenden altmodischen Hüte. Rittersporn blaute stolz und aufrecht über Balsaminen und Fingerhut, in dessen Blütenschuhchen dicke Hummeln träge schlummerten; wohlriechende Wicken umrankten verwitterte Sandsteinfiguren, und am Spalier an der Schloßwand reiften die ersten Pfirsiche, rot und samtig.

Von dem hochgelegenen Garten blickte man über mählich abfallende, gemauerte Terrassen hinab in das breite Tal. Sanft geschwungene Berge umsäumten es, ein Flüßlein schlängelte sich durch seine mit einzelnen Bäumen bestandenen Wiesen. Reifende Sommerwärme zitterte in der Luft. Eine Gegend war es, die jeder Mann, der in ihr groß geworden, lieben, die zu verteidigen er wünschen mußte, ein so ganz weiblicher Zauber stieg ja aus ihr empor. Nichts Hartes, Rauhes war da in der ganzen Landschaft. Sanft und schwellend die Linien ihrer Hügel, Mädchengeflüster gleich das Plätschern ihres kleinen Flusses. Weiblich die blühende Lieblichkeit ihrer Frühlinge, weiblich jetzt auch die üppige Fruchtbarkeit ihres

Hochsommers und nahenden Herbstes. – Und die drei noch beinah knabenhaften Männer mußten dies, an der Brüstung des Schloßgartens lehnend, in dieser Stunde empfunden haben, denn plötzlich, nach langem schweigenden Schauen und Sinnen, sagte der eine mit bebender Stimme und einer neuen, scharfen Falte auf der jungen, glatten Stirn:»Wenn ich mir dächte, daß Feinde je hier in unser Tal eindrängen, das wäre ..., das wäre...« Er hielt inne, nach Worten suchend für diese so gänzlich neuen Gefühle. Doch schon fiel ein andrer Bruder ein:»Das wäre, als würde eine wundervolle Frau von Bösewichtern geschändet.«

Strahlend ging die Sonne an Großmamas achtzigstem Geburtstag auf, als habe sie auf Erden nur frohe Feste zu bescheinen. Fleißige Hände waren am Werk gewesen, so daß Großmama, die Frühaufsteherin, so zeitig sie auch erschien, doch schon alles geschmückt vorfand. Ein Wettbewerb zwischen Förster und Gärtner war es geworden: Laubgewinde, Blumensträuße wohin man blickte. Und auf dem blumenumkränzten Frühstückstisch Mamsells köstlichste Gebäcke. Und um diesen Tisch eine scheinbar so fröhliche Tafelrunde, die Greisin im weißen Gewand inmitten der lebensvollen Enkel. Aber doch schon da in der frühen Morgenstunde auf allen lastend die ungeheure Spannung. Vergessen hatten sie wohl die Jungen in gesundem Schlafe, aber gleich beim Erwachen war sie dagewesen, hatte wartend an den Betten aller Schläfer gestanden und ihnen, während sie dem kommenden Tage noch halb träumend entgegenblinzelten, zugeflüstert, daß dies kein Tag wie irgendein je früher erlebter sein würde.

Dann begannen die Glocken der Schloßkirche zu läuten. Zu beiden Seiten der Eingangstür waren Birkenbäumchen aufgepflanzt. »Als ob es Pfingsten wäre,« sagte Großmama und dachte, ach! wenn doch heiliger Geist auf die Völker niedergehen möchte, aber ich fürchte, keines versteht mehr des andern Sprache.

Vollgefüllt wie wohl noch nie war die Kirche; das ganze Dorf war heraufgekommen und noch viele aus umliegenden Ortschaften; Vereine hatten Abordnungen mit ihren Fahnen gesandt, und die Gemeindeschwestern sah man, die Förster, Inspektoren und Pächter der Vorwerke. An der alten Orgel mit dem weißgoldnen, geschnitzten Gehäuse saß der Kantor, und als Großmama nun in ihre Loge trat, umgeben von den Enkeln, da brauste es ihr aus den Orgelpfeifen entgegen: Großer Gott, wir loben dich, wir preisen deine Güte.

Ein Festdankgottesdienst hatte es ja werden sollen, wie ihn wohl abhalten darf, wer nach pflichterfülltem Leben den achtzigsten Geburtstag in voller Rüstigkeit erreicht. Auf eine Festpredigt vorbereitet war auch der alte Pastor gewesen, der ja eine ganze Reihe jener achtzig Jahre hier miterlebt hatte. Aber während er sprach, änderte sich unwillkürlich die Rede, weil auf ihm, wie auf allen, der Druck der Stunde gar zu schwer und beklemmend lag. Und als er, zu dem Deckengemälde der Kirche aufschauend, von dem Auge Gottes sprach, das liebevoll auf Großmamas langem Leben geruht und sicher Wohlgefallen an ihrem weisen, friedlichen Walten gefunden, da kamen ihm ganz von selbst die Worte, daß Gott liebevoll herabschaue auch auf das ganze deutsche Volk, und daß, was er auch an dessen Wandel vielleicht mit Schmerz in all den Jahren gesehen haben mochte, Mangel an Friedfertigkeit doch keinesfalls je darunter gewesen sei. Das Gefühl, das alle erfüllte, zitterte auch in der Rede des Pastors: Angst war es keineswegs, und in jenen Stunden, da nicht Krieg, sondern erst Kriegsgefahr herrschte, auch noch nicht eigentlich Zorn und Entrüstung, eher ein Erstaunen, daß solcher Frevel überhaupt möglich sein sollte. Das Schlußgebet, das für Großmama weitere Jahre erflehte, klang denn auch aus in der Bitte, daß diese Jahre vom Frieden gesegnet und das unabwendbar Scheinende durch Gottes Güte doch noch verhindert werden möchte.

Sie beteten es alle inbrünstig, am inbrünstigsten wohl Großmama selbst oben in der Loge zwischen den langaufgeschossenen Enkeln. Aber es ward ihr keine unmittelbare innere Antwort, kein Bewußtsein der Erhörung, wie oftmals nach Gebeten. Sie glaubte nur immer wieder dieselbe beklommene Frage in sich zu hören, die sie seit dem Frühmorgen verfolgte: Werden wir je wieder alle zusammen diesen Tag hier so begehen dürfen, oder ist es das letztenmal? Das war ja nun bei einer Achtzigjährigen kein so verwunderliches Gefühl, und auch ohne alle Kriegsgerüchte wären Großmama an diesem Tage wohl ähnliche Gedanken gekommen. Aber dann würde sie sich in stiller Wehmut gesagt haben, daß sie diejenige sei, die in Jahresfrist gar leicht im Kreise fehlen konnte. Ohne sonderlichen Schrecken würde sie das gedacht haben, denn was lag daran, ob solch langes Leben noch um eine kleine Zahl Erdentage verlängert

wurde oder nicht. Es war ja doch eigentlich zu Ende und war wohl-
angefüllt gewesen. Jetzt aber konnte sie gar nicht, wie sie es sonst
getan, an irgendeine Gefährdung des eigenen Daseins denken. Das
schien plötzlich gefeit. Die Gefahr betraf ja die jungen Leben – die
drei dicht bei ihr, die andern hier in der Kirche, die vielen im ganzen großen Reich – sie, die alle erst Anfänge schienen. Das allein
war das Schreckliche.

Von ihrem Platze aus konnte Großmama gerade den Gedenkstein
sehen, den sie dem Mann und Sohn errichtet hatte, die vor vierundvierzig Jahren ins Feld gezogen und nicht heimgekehrt waren. Sollte nach unerforschlichem Ratschluß wieder einmal in der Geschichte der Augenblick gekommen sein, da viel Saat von Gott gesäet für
die Garben reif befunden würde? – – –

Zum Nachmittag hatten sich, alter Gewohnheit gemäß, eine
Menge Gratulanten aus der Nachbarschaft angesagt. Aber schon
beim Verlassen der Kirche kamen die ersten Absagen. Da waren
Eltern, die telephonierten, daß sie zu ihren Söhnen fuhren, um sie,
was auch kommen möge, noch gesehen zu haben; Gutsbesitzer, die
vor ihrer wahrscheinlichen Einberufung die landwirtschaftlichen
Arbeiten möglichst anordnen wollten; Regierungsbeamte, die ihre
Posten nicht mehr verlassen durften, da jeder Augenblick die wich-
tigsten Befehle bringen konnte. Man fühlte schon die nahende Un-
terbrechung jedes gewohnten Lebensganges. Während noch über all
diese Nachrichten gesprochen wurde, ward auch schon dem Seemann eine Depesche gebracht. Die Rückberufung in seinen Hafen.
Er war der erste, aber der Kavallerist hatte nicht lange zu warten, da
hielt auch er den Befehl in Händen, sich umgehend bei seinem Regiment einzufinden. Die Entscheidung mußte also wohl nahe bevorstehen, war vielleicht schon gefallen. Eine neue Ruhe und Entschlossenheit kam über die beiden; fest und stark gaben sie ihre
Befehle für die nötigsten Vorbereitungen, denn die Pferde, die der
Älteste bis zu den Herbstmanövern bei Großmama stehen lassen
wollte, sollten nun – zu ganz anderen Manövern – rasch in die Garnison gebracht werden, und mit dem nächsten Zuge mußten sie
selbst ja fahren; aber sie fanden doch noch Zeit, mit dem Inspektor
allerhand wirtschaftliche Fragen schnell zu bereden und ihm, dem
daheimbleibenden Landsturmmann, Großmama ganz besonders zu
empfehlen. Denn in den bisher von ihr Umhegten war plötzlich ein

ungekanntes Verantwortungsgefühl für sie erwacht. Zum Vorsorgen, zum Verteidigen waren sie, die Jungen, jetzt da, wenn wirklich, was sie liebten, frevelnd angegriffen werden sollte. Großmama hörte still zu mit einem seltsam frohen Lächeln: daß ihnen die männlich erziehende Hand gefehlt, war diesen Enkeln wahrlich nicht anzumerken. Und auch mit dem Jüngsten konnte sie zufrieden sein. Bei dem war zwar noch nicht so viel Gemessenheit wie bei den ältern, da lohte die Begeisterung noch hell jauchzend und ungehemmt, aber seine Pläne hatte auch er in neuer Selbstbestimmung schon fest gefaßt. In das Internat wollte er gleich zurückkehren, um sich dort zu verabschieden, und dann sofort in die Garnison des Bruders fahren; die schriftliche Erlaubnis zur freiwilligen Meldung beim Regiment mußte Großmama ihm mitgeben.

Ja, richtige Geburtstagsgeschenke waren diese Enkel, und es kam Großmama auch wirklich vor, als würden sie ihr in dieser Stunde erst recht geschenkt, als habe sie sie vorher nie so ganz gekannt und besessen. Aber in dies stolze Bewußtsein, daß die heutigen Jungen würdig geworden jener, die drunten in der Gruft schlummerten, in die erwärmende Seligkeit, die ihre Zärtlichkeit über diese letzte Stunde breitete, mischten sich doch wieder die bangen Fragen: War es vielleicht wirklich das letztemal, daß sie alle so zusammenstanden? Und wer würde fehlen, wenn das, was jetzt begonnen wurde, zu Ende geführt sein würde? – – Vielleicht dachten die Enkel Ähnliches; sie sagten zwar stolz und froh:»Auf Wiedersehen!« und ließen keinerlei Rührung aufkommen, aber als sie dann in dem leichten Jagdwagen den Berg wieder hinabfuhren, blickten sie alle zurück nach der Hauspforte, in der Großmama stand, blickten, so lange sie noch irgend zu sehen war, als wollten sie sich dies altbekannte Bild noch einmal ganz genau einprägen. Und dazu blaute der Himmel, überall grünte, prangte und reifte es unter der heißen Nachmittagssonne, und die Heimat zeigte sich den Scheidenden schöner denn in irgendeinem frühern Sommer.

Als die Brüder in ihren Garnisonen eintrafen, war die Entscheidung gefallen.

Und dann kamen Tage und Tage, wo es schien, als flute die ganze wehrhafte Männerwelt in einem ungeheuern grauen Strom aus dem Lande. Und immer neue Wellen folgten. Alle in derselben Richtung.

Alle nach Westen. Auch durch die kleine Station bei Großmamas Gut fuhren die langen Züge während Tagen und Tagen. Und auch die Nächte hindurch tönte ihr Rollen vom Tale zum Schloß hinauf. Dies Rollen klang verschieden vom Rollen anderer Züge. Man hörte förmlich die Schwere dieser langen, langen Wagenreihen. Und sie waren ja auch schwer von Hoffnungen, die sie trugen, von Sorgen und Wünschen, die sich an sie hefteten.

Jedesmal, wenn ein Zug angemeldet war, strömten die Daheimgebliebenen aus den benachbarten Dörfern zu der kleinen Station, alle beladen mit irgend etwas, das sie den Ausrückenden schenken wollten. Denn wenn auch in dieser dichtbevölkerten Gegend die Städte nahe beieinander lagen, in deren Bahnhöfen Speisungen stattfanden, so wollte doch auch solch kleine Haltestelle nicht nachstehen. Ein Bedürfnis zu geben und zu schenken war in jedem, der Wunsch, den Scheidenden noch etwas Liebes anzutun, sie möglichst auszurüsten und zu stärken für Kampf und Sieg. Jedes Brot, jede Zigarre, die in die bekränzten Wagen gereicht wurden, sollten sich ja wandeln in Kraft, die die Feinde schlüge. Die Empfänger nahmen es alles mit guten, etwas verdutzten Gesichtern entgegen. Einfache Leute zumeist, die ihre bescheidenen Lebenswege bisher unbeachtet gegangen, wunderten sie sich offenbar, mit dem Anlegen der neuen grauen Röcke plötzlich in aller Augen Gegenstände der Liebe und Fürsorge geworden zu sein. Manchmal auch wehrten sie den Überfluß bescheiden ab; meinten, sie hätten ja genug, streckten aber alle die Hände eifrig aus nach Zeitungen und Postkarten, wollten auch gern etwas erzählt hören über den lachenden Landesteil, durch den sie fuhren. Wenn dann der Zug sich langsam wieder in Bewegung setzte, stimmten sie, zurückwinkend, ihre Lieder an. Und durch das sonnige Tal schallten die frischen Stimmen, bis sie vom Rollen der Räder verschlungen wurden, und von dem enteilenden Zug mit all dem blühenden Leben, das er führte, nur noch ein leichter Rauchstrich in der warmen Sommerluft zurückblieb.

Großmama kam bisweilen an die Station herunter, um die Ausrückenden zu sehen. Wieviel prächtige, wohlgebildete Gestalten waren doch darunter, als ob wählende Hand von einem ungeheuern Felde die schönsten, vollsten Ähren ausgelesen hätte. Ruhe, ja beinah Heiterkeit sah Großmama auf den meisten Zügen, die Unbekümmertheit derer, die wissen, daß sie ihre Pflicht erfüllen, und die sie auch unaufgefordert auf sich nehmen würden, weil sie von der Gerechtigkeit ihrer Sache durchdrungen sind. Und Großmama fühlte, daß gerade dies starke Bewußtsein der angeborenen germanischen Kampfbereitschaft erst die wahre wuchtige Stoßkraft verleihen würde. Ja, ein Schimmer freudiger überzeugter Freiwilligkeit lag auf den Tausenden, die hier vorbei kamen, wie über den Millionen der Ausrückenden, wie über denen, die sich stündlich noch vom Lande in die Kasernen drängten. Großmama hatte es ja an ihren eigenen Angestellten erlebt, wie so mancher von ihnen, alles stehen und liegen lassend, freiwillig aus sicherm Verdienst davongeeilt war, ihr Abschiedsgeschenk, eine Zigarrenkiste, als einziges Gepäckstück in der Hand, um nur ja noch rechtzeitig zur Freiwilligen-Meldungsstelle zu kommen. Allesamt vom heiligsten Drange getrieben, allesamt Fünkchen in dem flammenden Meere der großen Begeisterung.

Bei all den jungen Gesichtern, die in den Zügen vorüberglitten, mußte Großmama an die eigenen Enkel denken. Der Jüngste wurde ja noch ausgebildet in der Ersatzschwadron des Regiments seines Bruders, aber die beiden andern waren schon draußen. Der Seemann hielt Wacht auf nordischem Meere, und der Älteste war gleich noch am ersten Tage ausgerückt. Ein paar eilige Postkarten hatte er von unterwegs geschrieben.

Solche Grüße schon von jenseit der Grenze, wie auch das Fortziehen der Pferde, die Beschlagnahme der Automobile und all die Nachrichten der hastig durchflogenen Zeitungen und Extrablätter brachten die Wirklichkeit des Geschehens wohl zum Bewußtsein. Aber neben all dem, was den Zusammenhang mit jedem Frühern zu zerreißen schien und die bestbedachten Pläne und Berechnungen zusammenbrechen ließ, was Menschen, Tiere und Dinge zu ungeahnten neuen Verwendungen umwandelte – neben all dem mußte doch auch das altgewohnte Leben mit seinen Arbeiten und Zielen weitergeführt werden. So wurden im Garten noch die letzten Stachelbeeren und Himbeeren, wurden schon frühe Pflaumen und Pfirsiche gepflückt; in der Küche weckte Mamsell das viele Obst und Gemüse in unzähligen Gläsern ein; vom Schloßgarten herabschauend ins Tal sah man das Beginnen der Ernte in den wogenden goldenen Feldern. All dies Tun schien genau so, wie Großmama es in all den vielen Jahren um diese Zeit zu sehen gewohnt gewesen und so unendlich friedlich, daß sie dabei jetzt manchmal plötzlich von dem Gedanken erfaßt wurde: Es ist ja gar nicht Krieg, es ist nicht wahr, es kann nicht wahr sein! Die Empfindung des Traumhaften, Unwirklichen begleitete sie in dieser ganzen ersten Zeit, und sie versuchte sich wachzurütteln, um endlich den furchtbaren Alp abzutun – bis dann schließlich auch das Grausigste ins Bewußtsein überging und Gewohnheit wurde.

Siegesstunden kamen geflogen. Siegesfahnen wehten. Wehten oben auf dem Schloß wie unten im Dorfe. Aber nicht nur frohe Botschaften tönten wie jubelnde Fanfaren durchs lauschende Land, auch düstere Trauernachrichten kamen geschlichen. Brachten ihr Leid ins Dorf, brachten es auch hinauf in das Schloß. Bei einem Patrouillenritt, zu dem er sich freiwillig gemeldet, war der älteste der Enkel gefallen. Ruhte nun fern in Feindesland. Mitten im ersten großen Siegeslauf, dem die ganze Welt in atemloser Spannung folgte, war er geblieben. Etwas Sieghaft-Frohes hatte immer in seinem Wesen gelegen – so war auch sein Tod gewesen. Kein Schatten möglicher Umkehr im Angesicht schon winkenden höchsten Preises, keine Ahnung jahrelangen, zermürbenden Kampfes in Graben und Schlachten hatten ihn auch nur gestreift. Im vollen Glauben an brausende Unüberwindlichkeit, die sich in wenigen Wochen schon durchgesetzt haben würde, war er dahingerafft worden. Als einer der ersten. Und diese ersten Verlustnachrichten waren so erschütternd in ihrer Neuheit, wie die ersten Schläge einer Glocke, die zu langem Trauergeläut anhebt.

Ja, so rasch schon hatte sich die bange Ahnung von Großmamas Geburtstag erfüllt. Nie mehr würden sie alle zusammen, wie an jenem schon so fern scheinenden Morgen, in der Schloßkapelle der alten Orgel lauschen. Bei allem würde dieser eine nur immer fehlen. Und in der Reihe der Gedenktafeln, an dem Platz, wo Großmama stets gedacht, daß ihr Name einst eingemeißelt werden sollte, würde statt dessen nun seiner stehen. Es schien unfaßbar, daß solch frohe Jugend, die vor wenig Tagen hier noch so lebensvoll geatmet hatte, nun vernichtet sein sollte. Unfaßbar, ungeheuerlich für die, die es gerade traf, und die, geknickt von Trauer, nun zurückgeblieben – im großen Kriegsgeschehen jedoch nicht von mehr Belang, als wenn aus einer Sandwolke, die der Sturmwind vor sich herjagt, ein Stäubchen zu Boden sinkt und liegenbleibt. Nichts. Nur, daß in einem kleinen Kreise einer fortan fehlte, daß ein paar teilnehmende Worte von Kommandeur und Kameraden kamen und ein rührend-unbeholfenes Briefchen des Burschen über jenen letzten Ritt, auf dem er seinen Herrn begleitet. Dann noch das Eintreffen einiger Andenken, darunter wohlverwahrt die wenigen Zeilen, die der Gefallene im Felde noch aus der Heimat empfangen. Überbleibsel eines Lebens. Großmama hatte dies bißchen, was nun alles war, in sein Zimmer getragen und schloß es dann ab. In einem alten Schloß ein Zimmer, das nun nicht mehr gebraucht wurde, und in der Kreuzzeitung eine Anzeige. Ja, das war alles.

Der ungeheure, graue Menschenstrom aber raste weiter. Und eben erst in seiner Unabsehbarkeit vorbeigeflutet, verlangte er doch schon Nachschübe.

Großmama erhielt ein Telegramm. Mit zitternden Händen öffnete sie es. Es war von dem jüngsten Enkel aus der Garnison und besagte, daß die Ersatzschwadron ganz unerwartet rasch, in zwei Tagen schon, ausrücken würde.

Großmama machte sich gleich auf den Weg. Eigenes Bedürfnis war es, dieses Jüngsten Ausfahrt mitzuerleben, und zugleich der Gedanke, der sie in all den Jahren begleitet hatte, die Enkel, soweit es an ihr lag, nie die Eltern vermissen zu lassen, wenn sie sich ihnen dabei auch freilich meist wie mit geschlossenem Visiere zeigte, um sie nur ja jeder unnützen Weichheit zu entwöhnen. Eine noch so kleine Reise war in jenen Tagen aber ein Unternehmen. Müde von der Fahrt in überfüllten Zügen und dem unbestimmten Warten auf Bahnhöfen, ergriffen vom ersten Zusammentreffen mit Verwundeten und Sanitätsmannschaften, mit dem ganzen Apparat des großen organisierten Kriegsleidens, kam Großmama endlich abends in der kleinen Garnisonsstadt an. Und war dann doppelt froh, daß sie doch auch gekommen, denn der Gasthof des Ortes war voll von Angehörigen der ausrückenden Freiwilligen und Fahnenjunker. Es war das Regiment, in dem die Gutsbesitzerssöhne der ganzen Gegend besonders gern dienten; die zum Abschied Gekommenen waren daher lauter Nachbarn und Bekannte, die Ausrückenden Schulfreunde oder Korpsbrüder, Kameraden schon lange vor dem Krieg. Kurzgeschoren waren sie alle und steckten schon in dem grauen Kammerzeug, sahen dadurch schwerer und unbeholfener als sonst, ihren Angehörigen zuerst fremd aus, manche auch etwas müde von dem ungewohnten scharfen Dienst dieser wenigen Ausbildungswochen – alle aber erfüllt von großer ernster Freude, nun auch an die Reihe zu kommen. Humor auf den Lippen, in den Augen aber ein Wissen von dem, was ihnen draußen bevorstehen mochte, und ein Bereitsein zu allem, auch zum Schwersten. Eine Verklärtheit, die dem entsprang, daß das letzte Opfer von jedem unter ihnen innerlich gebracht war. Und als beim Gottesdienst, der am Vorabend ihrer Abreise für die Ausrückenden und ihre Angehörigen in der Garnisonskirche gehalten wurde, der Prediger sagte, daß sie keinen leichten Gang gingen, sondern daß Hunger und Kälte, Schmerz und Tod ihrer harrten, da erbebten wohl die Verwandten, aber aus all den jungen Augen leuchtete nur ein entschlossenes: Und wenn auch, mögen sie doch kommen!

Bei frühstem Morgengrauen sollte die Ersatzschwadron verladen werden. Erster Herbstnebel lag grau und schwer über der schlafenden Stadt. Durch die noch leeren dunklen Straßen hallte der Hufschlag nahender Pferde auf dem feuchten Pflaster, lange ehe etwas von ihnen zu sehen war. Plötzlich tauchte gespensterhaft der graue Zug auf, schon dicht an dem Gasthaus. Drunten in der Haustür standen schon wartend die Verwandten der Ausrückenden. Die schlossen sich nun dem Zuge an. Da waren Mütter, die, neben dem Pferde schreitend, ihres Sohnes Hand hielten, Väter, Schwestern, die Körbe voll Eßwaren, Päckchen letzter Erinnerungsgaben trugen. Großmama wollte auch so neben dem Enkel mitgehen, hatte sich aber doch, auf Zureden aller Bekannten, bequemen müssen, in einem Wagen zu folgen.

Auf dem Bahnhof dann, in dem sich senkenden Nebel, ein Gewühl von Pferden und grauen Gestalten, das zuerst unentwirrbar schien und sich dann doch rasch ordnete. Je sechs Mann und sechs Pferde in jeden der bekränzten Waggons. Die Pferde zu drei und drei an den beiden Schmalseiten stehend, mit den Köpfen nach der Mitte, wo Reiter, Sättel, Satteltaschen und Eßkörbe verstaut waren. Mit fünf Freunden von der Prima, gleich ihm als Fahnenjunker eingetreten, war der jüngste Enkel untergebracht. An der offenen Schiebetür stand er, und Großmama steckte ihm Rosen an, wie es alle Mütter taten. »Keine Bange, Großmama,« sagte er, »wir werden's schon schaffen.« Großmama aber bangte gar nicht gerade darum. Doch nun kam der zurückbleibende Wachtmeister, der die ausrückende Ersatzschwadron, unter viel Schimpfen und Fluchen, in den wenigen Wochen mühsam ausgebildet hatte, noch einmal den Zug entlang gelaufen. In jeden Wagen steckte er revidierend den breiten, roten Kopf, auch in den der sechs Primaner.»Na, Kinderchen,« sagte er,»kommt mir man ja gesund wieder heim.« Und Großmamas Enkel stand stramm vor dem Gestrengen:»Zu Befehl, Herr Wachtmeister, wollen sehen, was sich machen läßt.« Dann hub die Musik zu blasen an, ein Zittern ging durch die Wagenreihen, die Räder begannen sich zu drehen, unter Gesang, mit wehenden Tüchern und letzten noch hin und her gerufenen Worten rollte auch dieser Zug davon.

Von den Zurückbleibenden weinte niemand, sie sprachen nur alle etwas laut und hastig, als sei da etwas, das übertönt werden müßte.

Der Tod des ältesten, das Ausrücken des jüngsten Enkels folgten so rasch aufeinander, daß es Großmama erst nach ihrer Heimkehr aus der Garnison ganz zum Bewußtsein kam. Sie saß nun oft in dem geschütztesten Teil des Gartens, wo nach den Sommerblumen jetzt Malven, Dahlien und Herbstanemonen blühten. Und sie sah über die sanft abfallenden, gemauerten Terrassen hinab in das Tal, sah, wie sich die allherbstliche Wandlung vollzog, die Blätter der Kirschenplantagen an den Hängen rubinrot zu leuchten begannen, auf den abgemähten Wiesen die Zeitlosen ihre lila Kelche öffneten und aus blassem Dunst die vereinzelten Baumgruppen golden hervorschimmerten. Der reife Sommerzauber war vom Antlitz der Gegend geschieden, einer schön gewesenen Frau glich sie jetzt, die ihre welkenden Züge hinter weich verschleiernde Gewebe verbirgt. Aber nicht nur was da war, sah Großmama. Ihr Blick reichte ja weit zurück in längst Gewesenes. Denn vor der eigenen Generation hatte sie hier ja noch die zwei früheren gekannt, wie sie noch die beiden ihr folgenden erlebte. Auf viele, viele Menschen konnte sie sich besinnen, die einst hier gewandelt und nun längst nicht mehr da waren – wenigstens nicht mehr als für sie sichtbare. Aber in irgendeiner andern Form bestanden sie sicherlich irgendwie weiter. Großmama war davon fest überzeugt. Sie konnte sich ja auch so gut auf bestimmte hohe Bäume ihres Forstes besinnen, die im Lauf der Jahre bei verschiedenen Schlägen gefällt worden waren. Wie sie umsanken und dann geschält und fortgefahren wurden. Die waren auch nicht mehr da, aber manche von ihnen segelten als Schiffsmasten auf hoher See, andere waren eingebaut in den Häusern großer Städte. Die einstigen im Winde rauschenden Waldriesen hätte unter ihrer jetzigen Gestalt wohl niemand gleich erkannt, und doch waren es dieselben. Umwandlung war alles, waren Leben und Sterben.

Und ein großer Umwandler war auch der Krieg, mit seinen neuen Verwendungen von Menschen und Dingen. Zu Rohstoff war alles, waren alle geworden, auch jene, die sich bis dahin als geistig besonders Differenzierte, für Ausnahmewesen gehalten hatten. Und Rohstoffen gleich ließen sie sich willig zu dein formen, was gerade am notwendigsten gebraucht wurde. Nicht nur jene, die freiwillig zu den Fahnen geeilt waren, wo Gelehrte und Handwerker, Zirkusleute und längst ausgediente alte Zivilbeamte zusammen in Reih und Glied standen, um sich das eindrillen zu lassen, was not tat, nein, auch den Daheimgebliebenen ging es ähnlich. Irgendwie war jeder mit in den Krieg gezogen, gab etwas dafür, wandelte sich selbst zu einer neuen Bestimmung. Helfen wollen war die eine große Losung.

Auch Großmama gehörte zu denen, die ihr Teil leisteten. Ein weitläufiges Nebengebäude hatte sie gleich zu Lazarettzwecken angeboten, und jetzt, wo die Verwundeten sich täglich mehrten, wurde es belegt. Konnte auch Großmama nicht mehr selbst pflegen, so saß sie doch täglich an den Betten ihrer Schützlinge und erzählte diesen ihr so plötzlich hereingeschneiten fremden Enkeln, was sich so in ihrem langen Leben an freundlichen Eindrücken und heitern Geschichtchen angesammelt hatte. Die eigenen Enkel kamen dabei oft vor, und die Verwundeten kannten sie bald ganz genau. Der Gedanke an die Enkel, an die toten und die lebenden, begleitete Großmama ja auf allen Wegen, und bei allem, was sie andern tat, war ein ihr selbst kaum ganz bewußter Versuch zu paktieren: Was ich nur irgend kann, will ich diesen Armen hier geben, aber, daß mir dafür meine beiden draußen erhalten bleiben.

Für den Pastor gab es in dieser Zeit viel zu tun. Einige Lehrer der Schule waren einberufen, deren Unterrichtsfächer er mit übernommen hatte. Und es waren so manche im Dorf zu ermuntern, denen die Feldpostbriefe zu spärlich eintrafen, und andere zu trösten, für die sie nie mehr anlangen würden. Häufig auch hatte er Rat zu erteilen, wo die Neuforderungen an der Menschen Kräfte und Anpassungsfähigkeit gar zu plötzlich und verblüffend schienen. Aber neben alle dem fand er doch oftmals Zeit, zu Großmama und ihren Verwundeten zu kommen. Großmama gegenüber brauchte er auch nicht der immer Gebende zu sein. Vor der so viel Älteren konnte er sich selbst einmal aussprechen über alles, was ihn bedrückte. Seine Kümmernis war der Haß, der durch die Welt ging und mit jedem Schritt zu wachsen schien. Denn die Zeit des ersten ungläubigen Erstaunens vor dem, für die Massen wenigstens, so plötzlich entstandenen Kriegsphänomen war längst vorüber. Zorn und Empörung waren an seine Stelle getreten. Zorn, daß es kleinen, aufwiegelnden Rotten in den feindlichen Ländern wirklich gelungen war, die in Halbschlummer hindämmernde Welt in all diesen Jammer zu zerren; Empörung, daß die so lang schon Zwietracht Säenden, Neid und Mißgunst Hegenden es nun auch noch verstanden, den Überfallenen als Angreifer darzustellen, und diesen bei so mancher Gelegenheit saumselig Friedfertigen vor der ganzen Welt als hinterlistigen, seit langem nur des Anlasses zu Raub und Mord Harrenden zu brandmarken. Der Apparat der Verleumdung hatte ja vom ersten Tage an nach längst erwogenen Plänen und wohlbewährten Methoden gearbeitet, denn diese Organisation befand sich offenbar schon vor dem Kriege in latent mobilisiertem Zustand. Sie schob sofort ihre Truppen von Lügen, Verdrehungen und Aufreizungen zwischen den zu Vernichtenden und das Urteil der übrigen Welt, schnitt ihn ab von aller Möglichkeit zu appellieren und lehrte dem Eingekreisten die Wahrheit des alten Wortes: Wehe dem, der allein ist. Der Pastor aber, dessen freundliche Augen ein Leben damit verbracht hatten, überall das Gute zu suchen und zu finden, konnte es nicht verwinden, daß jeder in jedem nicht nur den augenblicklichen Gegner, sondern das Böse an sich erblickte. Es grämte ihn im tiefsten Herzen, sein Deutschland so verleumdet und so verhaßt zu sehen, daß es selbst wieder hassen mußte, und er konnte es oft kaum fassen, daß Gott all diese Ungerechtigkeit, diese allgemeine Verbösung der Welt zuließ – und doch rettete er sich immer wieder vor den Menschen, bei denen es keine Unparteilichkeit mehr gab, zu Gott, dem höchsten Richter.

Großmama staunte weit weniger über das, was Wort und Feder, eifersüchtig auf das Verheerungswerk von Schwert und Feuer, ihrerseits zerstörten, und sie wunderte sich nicht gar so sehr über den grimmen Haß, der allerwärts auflohte wie ein seit langem glimmendes, nur mühsam unterdrücktes Feuer, dessen flackerndes Flammenlicht nun alles entstellte. Zu oft ja hatte sie in ihrem langen Leben an den Schicksalen Einzelner beobachten können, wie sich der Neid besonders gern an jede durch irgendeine Eigenschaft plötzlich neu hervorragende Menschengestalt heftet, deren Bedeutung eine noch nicht ganz in die allgemeine Gewöhnung übergegangene ist und die daher noch bestritten werden kann. Gegen solche Wesen hatte Großmama den Neid arbeiten sehen mit seiner unheimlichen Waffe, der Verdächtigung. Er flüsterte von maßlosen Bestrebungen, vom Wunsche, andere aus längst erworbenem Ansehen zu verdrängen; er weckte das Mißtrauen, mobilisierte überall das Böse, zwang es in seinen Dienst. Und dann war bald die Leere um also Betroffene geschaffen. Von argwöhnisch Lauernden wurden die oft Ahnungslosen umspäht, und bei erstem günstig scheinenden Anlaß fielen die Schadenfrohen wie eine Meute über sie her, verfolgten sie, hetzten sie zu Tode. Auch Großmama hatte solche zu Tode Gehetzten wohl gekannt. Darum dünkte es sie nicht eben sonderbar, daß es im Leben der Völker ganz ähnlich zuging. Daß auch da mit verschiedenerlei Maß gemessen wurde und jede noch so sinnlose Verdächtigung willige Hörer fand. Daß sich auch da alle zusammenscharten, um einen neu Emporstrebenden, sie unbequem Dünkenden hintanzuhalten, ihm als Habsucht und Machtgier anrechnend, was sie sich selbst doch seit Jahrhunderten gestatteten, Haß gegen ihn entfesselnd, Einsamkeit um ihn schaffend, um ihn dann vernichten zu können.

Aber Großmama hatte auch erfahren, daß die Taten der Menschen oftmals ganz andere Wirkungen zeitigen, als diese beabsichtigt. Sie hatte bisweilen erlebt, wie solch ungerecht Befehdete aus aller Not, die Anfeindung und Verfolgung ihnen schufen, doch einen unvorhergesehenen Gewinn retteten; wie aus der Vereinsamung, die ihnen zugedacht worden, eine innere Festigung und Sammlung der Kräfte erwuchsen, ein Gehobensein auf eine höhere Ebene, die wohl einsam zu nennen war, aber einsam durch ihre Stärke, einsam, weil das Böse nicht hinreichte und dort nicht mehr verletzen konnte. Es gab Menschen, deren Leben schon auf dieser Erde wie ein Leben nach dem Tode war, weil sie durch die Qual der tiefsten Verlassenheit einmal geschritten waren – und das, was sie danach gefunden, war eben das bessere, das höhere Leben. Und Großmama sagte sich, daß, wie jeder Einzelne, wohl auch jede Gesamtheit einmal das äußerste Maß ihrer Leidensfähigkeit erreichen muß, daß aber eine Macht, die über allem steht, bestimmt, was das endgültige Ergebnis solchen Leidens sein soll, und oftmals zu Gewinn wandelt, was Feindestücke zu Verderb ersann. Auf solche Erfahrung verwies sie, die in langem Leben still und weise Gewordene, manche Jüngere, wenn sie bei ihr Aussprache suchten, ganz verstört ob all des Schauerlichen, das sich ihnen urplötzlich offenbart hatte. Jüngere, die in allem Augenblicklichen noch Endergebnisse zu schauen wähnten, weil sie noch nicht, wie Großmama, erfahren, daß alles wandelbar ist, und denen Bosheit und Machtmißbrauch deshalb so ganz unerträglich dünkten, weil sie jedes ihnen bekannte Recht umzustoßen schienen, und sie darin etwas Unrichtiges, gleichsam einen Rechnungsfehler sahen, der das ganze Lebensexempel, das doch glatt aufgehen sollte, dauernd verwirren mußte. Bei solchen Gesprächen verwies Großmama dann wohl bisweilen auf das Deckengemälde in ihrer Schloßkapelle. Da sahen auch Säulen und Bogen schief und verzerrt aus, als müßten sie gleich umstürzen; aber von einem bestimmten Punkt aus betrachtet, erwies sich doch alles als richtig, nach festem Gesetz berechnet und aufgebaut.

Großmama pflegte alljährlich im Spätherbst nach Berlin zu fahren, um dort wohnende Freunde und Verwandte wiederzusehen und Weihnachtseinkäufe zu machen. Auch in diesem Jahr reiste sie hin und wohnte, wie gewöhnlich, in einem der großen Hotels.

Wie auf dem Lande, war auch in der Stadt das Wirken des großen Wandlers zu merken. Ganz neue Geschäftigkeiten hatten die Menschen, und wenn es auch nur war, daß solche strickten, die nie vorher ein Strickzeug in Händen gehalten hatten. Mit Müßiggang war eben plötzlich schlechtes Gewissen verbunden, und jeder suchte, wie früher vielleicht nach Zerstreuung, so jetzt nach Tätigkeit. Nicht jeder freilich fand die gerade für ihn geeignete, und hinter manchen Emsigkeiten mochte sich der Wunsch bergen, bemerkt zu werden, aber neben der Eitelkeit und Lächerlichkeit, die nun einmal Begleiterscheinungen alles Menschlichen sind, gab es doch eine überwältigende Fülle von rührenden Zügen völliger Uneigennützigkeit.

Großmama fand sie auch unter den eigenen Bekannten, entdeckte staunend bei solchen, in denen sie keineswegs Arbeitsheroen vermutet hätte, nie geahnte Anpassungsfähigkeiten und Diensteifrigkeiten. Eigenschaften, die alle aus dem neuen Gefühl der Zusammengehörigkeit geboren waren, aus dem Bewußtsein, daß jeder jeden brauchte und sein Bestes beanspruchen durfte. Da gab es Frauen, die bisher hauptsächlich als Gesellschaftsgrößen gegolten und sich plötzlich Heiligen gleich offenbarten, die die Linderung irgendeiner Art des vielgestalteten Kriegsleidens zu ihrer Aufgabe erwählend, Lahme, Einarmige, Blinde oder seelisch Zerrüttete zu ihren besondern Schützlingen kürten. Andere Frauen, die früher still in ihren Häusern waltend nie hervorgetreten waren, jetzt aber auf Rednertribünen standen, mit beredten Worten um Hilfe werbend für vereinsamte Landsleute, die ihr Heim in fernen Ländern verloren und nun in der alten Heimat als Entwurzelte standen. Mädchen, die sonst nur dem Sport gelebt, hüteten die Kinder von Fabrikarbeiterinnen, Mädchen, denen vorher nur das Tändeln mit allermodernsten, bizarren Ideen wert erschienen, fühlten sich jetzt beglückt, in Volksküchen Kartoffeln zu schälen. Ganz alte längst ausgediente Beamte, die wieder in den Dienst getreten waren, nicht um hervorragende Stellungen einzunehmen, sondern um bescheiden die Arbeit irgendeines kleinen Schreibers zu tun, der draußen im Schützengraben lag. Jede Kraft freizumachen für dort, wo sie am meisten benötigt wurde, Ersatz zu schaffen für alles, was knapp zu werden begann, das war ja die große Losung in diesem Kampf gegen eine erdrückende Übermacht an Menschen und Stoffen. Nach diesem Grundsatz stellten die Leute sich ein, taten Alte die bisherige Arbeit von Jungen, Kranke die von Gesunden, traten Frauen an die leergewordenen Plätze von Männern. Nach diesem Grundsatz auch wurden die Dinge, die es noch im Lande gab, gesammelt und ihre Verwendung bestimmt. Wunder an Neuverwertungen wurden geleistet.

Ja, es gab viel zu bewundern, und am bewundernswertesten war es, weil es alles jetzt ja nicht mehr im Schwung der ersten großen Begeisterung geleistet wurde, die über jedes Hindernis mit Traumesleichtigkeit hinweggetragen hatte, sondern weil Erkenntnis der wirklichen Lage zu grimmig ernster Entschlossenheit geführt hatte. Denn wie draußen im Felde der erste brausende Siegeslauf längst zum Stehen gekommen war und das ungestüme Vorwärtsdrängen sich zu verbissenem Ausharren gewandelt hatte, so war auch die Stimmung daheim verändert. Verstummt war der Jubel, mit dem die im Sommer ausrückenden jugendlichen Streiter, bekränzt und mit Gaben überschüttet, von weißgekleideten Mädchen geleitet worden waren. Wenn jetzt durch die winterlich düstern Straßen immer neue Reihen von Ersatzmannschaften zu den Bahnhöfen marschierten, so waren das ältere Leute; und nicht nur ihre Kleidungen waren grau, sondern eine ganze Schicht grauer Sorgen schien auf ihnen zu lagern, wie auf den vergrämten Frauen, die, neben ihnen schreitend, ihre ärmlichen Pappschachteln trugen. Sorgenvoll auch jene, die ihnen begegneten und ihnen wehmütig nachblickten, wie Kreuzesträgern, denen die ungeheuere Schuldlast einer ganzen Epoche aufgebürdet worden ist. Wenn sie so durch die Straßen zogen, spielte zwar die Musik an der Spitze der Züge und mischte die Weise vom guten Kameraden in das Tuten der Automobile, das Knirschen der Wagenräder im Schnee und all die tausend Geräusche der großen Stadt, aber jedem, der ihnen begegnete, kam dabei wohl der schmerzliche Gedanke an die vielen, vielen guten Kameraden, die schon entschwunden waren – und nicht mehr ein jauchzend junger Kriegsgott schien die grauen Scharen zu führen, sondern es war, als schritte ein ernster Todesengel ihnen voran.

Traf Großmama solche ausrückenden Truppen, so steckte sie hastig den begleitenden Frauen von den Zigarren zu, die sie immer für solche Fälle bei sich führte, und dann faltete sie unwillkürlich die Hände. Ein Bedürfnis war es ihr, jedem, der so fortzog, etwas zu schenken, ein Bedürfnis, ihn dem Schutz höchster Macht zu empfehlen. Dabei mußte sie aber doch jedesmal dem Gedanken nachsinnen, daß, obschon für jeden einzelnen Ausziehenden sicher wenigstens einer daheim in banger Sorge betete, es ja unmöglich war, daß alle zurückkehrten. Viele dieser Gebete waren vorausbestimmt, unerhört zu bleiben. Vielleicht die allerheißesten. Diese Auswahl wurde wohl nach Erwägungen getroffen, die hoch über aller Beeinflussung durch menschliches Bitten standen. Aber trotz solcher Erkenntnis war doch im selben Augenblick jedesmal der leidenschaftliche Wunsch in Großmama, daß jene beiden, die sie selbst noch draußen hatte und um die sie betete, unter den Berufenen zu den Auserwählten gehören möchten, die einst wiederkehren würden.

In der kleinen Kirche, die dicht neben Großmamas Hotel, zwischen all den ragenden Neubauten, als ein Überbleibsel aus alter Zeit bescheiden stand, ließ sich auch mancher Wandel beobachten, den die Not der Zeit geschaffen. Von den altgewohnten Besuchern, die ihre festen Plätze hatten und unter denen manche Großmama im Lauf der Zeiten bekannt geworden, saßen die meisten freilich, wie seit Jahren, so auch jetzt alle Sonntagmorgen in stammgasthafter Selbstverständlichkeit da, aber manche Veränderung gewahrte Großmama doch auch an ihnen, plötzlich gealterte Eltern, deren kaum erwachsene Söhne, frisch in Feldgrau gekleidet, noch ein letztes Mal hier neben ihnen standen; junge Menschenpaare, die sich, in dieser Zeit der kurzen Lebensläufe schnell gefunden, und denen man die Kriegstrauung sofort ansah; und vor allem Trauernde aller Art und aller Stände. Frauen, die in unnahbarer Erstarrung, stolz mit erhobenem Schleier standen, andere, die tief verhüllt sich hinter den Pfeilern zusammenkauerten, als ob Schmerz Schande sei. Und neben diesen Einzelnen drängten sich jetzt Scharen Anderer, Neuer, denen man anmerkte, daß sie wohl lange nicht in Kirchen gewesen, und die mit Liturgie und Gesangbuch nicht recht Bescheid wußten, deren krampfhaft gefaltete Hände und hungrig suchende Augen aber eine so vernehmliche Sprache redeten von dem heißen Verlangen nach etwas ganz Starkem, ganz Sicherm, das eine Erklärung böte für all das Grausam-Schaurige, das so plötzlich die unbedachte Sorglosigkeit bisherigen Lebens zerstört hatte und einen Halt gewährte, wo alle gewohnten Begriffe von selbstverständlicher Geborgenheit hinter menschlichen Rechtsschranken ins Wanken geraten waren. Ganz ebenso wie die Vertriebenen aus Ostpreußen und dem Elsaß, wie die Auslandsdeutschen, die aus vielen Ländern nach Berlin geflutet kamen, waren auch diese neuen Kirchenbesucher recht eigentlich Flüchtlinge. Flüchtlinge der Welt, die unter dieser Kuppel Schutz und Frieden suchten.

Schließlich war Großmama aber doch recht froh, als sie wieder in ihr altes Schloß heimgekehrt war. In der großen Stadt war ihr manchmal gewesen, als sei sie in einer ungeheuern Werkstatt zu nahe an die zentrale Maschine geraten, die mit ihrer Kraft alle Räder, Hebel, Treibriemen und Bolzen in Bewegung setzt. Kaum zu ertragen war das Schwingen und Vibrieren gewesen, zu stark das Dröhnen und Stampfen.

Auf dem Lande war, mochte auch Krieg sein, doch immer ein gewisser Friede zu finden. Es schwirrten da nicht beständig tausend Gerüchte durch die Luft, die alles in Atem hielten, und, kaum vernommen, schon wieder durch neue, oft genau entgegengesetzte überholt wurden. Man hörte weniger von dem, was draußen und drinnen auf den vielen Kriegsbühnen und hinter ihren Kulissen tatsächlich vorging, aber auch weniger von dem, was in jedem einzelnen Augenblick vielleicht erhofft, vielleicht gefürchtet wurde. Und was man vernahm, auch wenn es einmal ungünstig lautete, wurde mit größerer Gelassenheit aufgenommen. Die Nerven der Menschen, die seit Generationen zwischen Feld und Wald auf eigenem Boden gelebt hatten, waren vielleicht doch besser geblieben als die der Millionen, die, zwischen den vielen freudlosen Mietwohnungen der Großstädte hin und her wechselnd, nie zu dem beruhigenden Bewußtsein wirklicher Seßhaftigkeit gekommen, sondern, mehr noch als alle anderen Erdenbewohner ihr Leben lang Ziehende gewesen waren. Etwas Robusteres hatten diese ländlichen Menschen. Und gewohnt, die Wechselfälle der Witterung gleichmütig hinzunehmen und bei Hagelschlag oder Wolkenbruch nur an möglichst rasche Beseitigung der Schäden zu denken, machten sie nicht, wie manche überreizte Großstädter, ihren Gefühlen Luft in wilden Haßgesängen, hielten sich aber auch nicht, wie andere überfein Besaitete, nachträglich mit Spekulationen darüber auf, was sich vielleicht hätte vermeiden lassen, und ob Deutschland denn auch wirklich im Rechte sei.

Ja, wohltätig empfand Großmama die Ruhe, die über dem winterlich verschneiten Lande lag, und am wohlsten und zuversichtlichsten fühlte sie sich, als sie wieder unter ihren Genesenden, ihren feldgrauen Pflegebefohlenen, war. Von ihnen strömte in schöner Selbstverständlichkeit der ergebene und doch starke Geist aus, der in dieser Zeit not tat, weil er allein sie richtig zu tragen lehrte. Unter ihnen verlebte auch Großmama ihr Weihnachten. Sie hatte sich vor dem Abend etwas gefürchtet, denn von allen Gedenktagen war es derjenige, durch den die Erinnerung an die drei fehlenden Enkel, von denen der eine nie mehr ein Weihnachtsbäumchen sehen würde, ihr am schmerzlichsten zum Bewußtsein kommen mußte. Aber dann war es bei diesen grauen fremden Enkeln so rührend feierlich gewesen, daß sie sich selbst glücklich gefühlt hatte. Glücklich, ihnen das Fest schön gestalten zu dürfen, dankbar für die äußere Unabhängigkeit, die ihr das ermöglichte, und für die innere, durch die sie Freude und Genügen in ihrem Tun selbst fand, ohne, wie sie es von manchen Bescherenden in den Lazaretten der Großstädte wußte, von der Gegenwart irgendeiner hochgestellten Persönlichkeit erst die wahre Weihe zu erwarten.

Und dann waren auch bald Briefe gekommen vom Marineenkel, der den Weihnachtsabend auf der See verlebt hatte, von dem jüngsten, der aus einem Schützengraben in Flandern schrieb, wo er mit seinen Kameraden nun schon lange, statt zu Pferde, tief in der Erde dem Vaterlande diente. Aber er teilte Großmama auch schon mit, daß er sich zum Flieger gemeldet habe, denn die Sehnsucht hinauf in die Lüfte war eben doch zu stark in ihm, und die anfängliche Sorge, er könne durch die Dauer der Ausbildungszeit für Kampf und Sieg zu spät kommen, war ja längst verstummt.

Denn daß es ein langer Krieg werden würde, daß man vielleicht grimmer Not entgegenging, war allmählich allen zum Bewußtsein gekommen. Aber auch diese Möglichkeiten wurden in den kleinen Landgemeinden ruhiger als in den großen Mittelpunkten hingenommen. Wo man der nährenden Mutter Erde so nahe war und sich jahraus jahrein mit der Hervorbringung und Bergung ihrer Erzeugnisse beschäftigte, schien Aushungerung eine unsinnige Drohung. Und es lag auch darin eine beruhigende Sicherheit, daß jeder jeden am Orte kannte; wenn es einem schlecht ging, würden sich stets andere finden, die aushalfen – und für äußerste Fälle waren ja von jeher die alte Frau Gräfin auf dem Schlosse, der alte Herr Pastor im Pfarrhause zu finden gewesen. Daß jemand unbemerkt zu Tode darbte, war hier undenkbar.

Veränderungen und Einschränkungen in der Lebensführung kamen freilich durch die zahllosen, sich oft widersprechenden Verordnungen. Viele dieser Bestimmungen hatten etwas unsicher Tastendes, als seien sie nur Versuche – aber den darob Murrenden hielt Großmama vor, daß man ja vor Aufgaben stehe, die keinem Volke noch geworden, und zu deren Bewältigung es daher keine erprobten Vorbilder und Mittel geben könne.

Seltsam dünkte es die kuchenfrohe, an Wohlleben gewöhnte Bevölkerung in Großmamas Dorfe, als die fleischlosen Tage, die Backverbote begannen. Es hatte so ganz zu den Eigentümlichkeiten der Gegend gehört, daß auch die Geringsten allwöchentlich große, flache Kuchenteige auf Blechen zum Bäcker trugen und sie dort ausbacken ließen. Einen Sonntag ohne Kuchen zum Kaffee hatte es auch bei den Ärmeren nie gegeben. Das hörte nun auf – wie so manches andere.

Altvertraute Dinge verschwanden. Alle Geräte aus Kupfer oder Messing wurden eingesammelt. In der Amtsstube wurden sie bedächtig gewogen vom Amtsvorsteher, Gendarm und Gutsvorstand. Behäbige Leute, die, selbst gern unbehelligt, jeden am liebsten leben ließen, wie es ihm gut dünkte, und die jetzt, von all den neuen Erlassen höherer Instanzen aufgerüttelt, nur mit Widerstreben bei den Nachbarinnen den Mehl- und Wurstvorräten nachspürten und forschten, ob auch ja keine besonders liebgewonnene Kasserolle zurückbehalten wurde.

Oben im Schloß ließ Großmama all die kupfernen Pfannen und Formen zusammentragen, die, rötlich leuchtend, auf den Borden der Küche gestanden; die verschiedenen großen Kessel, in denen Generationen von Mamsellen die Wäsche gekocht oder im Herbst das duftende Pflaumenmus gerührt hatten, wurden aus ihren altgewohnten gemauerten Stätten gerissen; messingene Mörser, in denen vor den Schlachttagen das Gewürz für die Würste gestoßen worden, behäbige Wärmflaschen, die manches Bett bei grimmer Winterkälte wohlig temperiert hatten, lagen zusammengestapelt. All diese Dinge, die von behaglich gesichertem, wohlgenährtem Leben redeten, würden nie mehr die friedlichen Zwecke erfüllen, zu denen sie einst geformt worden: in neuerrichteten Kriegsfabriken umgegossen und mit andern Metallen gemischt, würden sie sich nun zu Tod und Zerstörung bringenden Geschossen wandeln.

Aber auch die Keller, Speicher und Bodenkammern, wo bewahrt wurde, was sich in einem großen Landhaushalt im Lauf der Jahre an unbenutztem Hausrat aller Art ansammelt, ließ Großmama nach metallenen Geräten durchsuchen. Manche alte, längst vergessene Dinge kamen dabei hervor. Messingene Vorsetzer und Türen von Öfen, die abgebrochen worden, als man die Zentralheizung eingebaut hatte, kupferne Rauchgarnituren, deren einstmalige Besitzer längst die letzte Zigarre gelöscht und selbst zu Asche geworden. Tintenfässer und Leuchter von gelb glänzenden metallenen Löwen- und Greifenleibern gebildet, aus den achtziger Jahren stammend, da auf den Deutsch-Renaissance-Paneelsofas und Schreibtischen das *cuivre poli* uneingeschränkt herrschte. Und die messingenen Öllampen sah Großmama wieder, die des Schlosses weite Räume spärlich beleuchtet hatten, da sie selbst, als junge Frau, eingezogen war. Sie erinnerte sich noch, wie man diese Lampen immer rechtzeitig mit ihrem Schlüssel aufwinden mußte, und wie sie so manchesmal durch den durchbrochenen Rand des Brenners den Öltropfen zuge-schaut hatte, die im Innern abtropften. Ein Gefühl vergehender Zeit hatte dieses langsam regelmäßige Tropfen schon damals in ihr er-weckt, wie der Rhythmus des eigenen pulsierenden Blutes. Jetzt mußte sie denken, wie viel, viel Zeit seitdem doch vergangen war! Öllämpchen brannte niemand mehr. Zuerst waren sie durch Petro-leum und Gas ersetzt worden, dann war die Elektrizität gekommen, vor deren Helligkeit jedes andere Licht als kärglicher Notbehelf erschien. Großmama hatte all diese Wandlungen miterlebt, und das eigene Blut, das zur Zeit der Öllampen ungestüm in den Adern gepocht hatte, floß jetzt langsam und träge, wie ein versandender Fluß, der sich dem Ende, dem Aufgehen in größerer Einheit nähert – ja, recht langsam und müde war jetzt sein Schlag in dem bläulich hervortretenden Geäder, aber es pochte doch noch immer, wenn auch matt – anderes junges Blut – vieles, vieles – auch solches, das von ihr selbst abstammte – das war seitdem, mitten in seinem noch raschen Kreislauf, jäh vergossen worden. Seine unzerstörbaren Le-benskräfte düngten jetzt ferne Erden, würden wieder erstehen in wogendem Korn und leuchtenden Blumen – zur Unkenntlichkeit gewandelt und doch dieselben. Aber auch der Entschlafenen ge-heimnisvollster seelischer Wesenskern, dem jede äußere Gestaltung nur gleichsam eine vorübergehende Verzauberung war, auch der wirkte sicherlich irgendwo weiter.

Der alte Pastor besuchte Großmama gerade an dem Tage, wo all die metallenen Geräte zusammengetragen wurden. »Bisher ist nur Kupfer und Messing verlangt worden,« sagte er, »aber ich hörte, daß nächstens auch die Bestände an Orgelpfeifen aufgenommen werden sollen, wenn auch noch nicht zu unmittelbarer Ablieferung.« Großmama antwortete nicht. Bei des Pastors Worten war sie ganz in Erinnern versunken. Sie entsann sich, wie einst vor Jahren der gelehrte Professor ihre Orgel besehen hatte, um sie in seinem Buch zu beschreiben, und sie sah wieder die Sonne jenes fernen Tages, wie sie in die Kirche schien und die drei Enkel in ihrem Lichte standen. Ihre Orgelpfeifen hatte sie da die Knaben genannt und sie nach Größe und Alter aufgestellt. Damals hatte noch keiner in der Reihe gefehlt.

Der Frühling brachte weitere Neuerungen. Soviele Männer waren allmählich eingezogen worden, soviele Frauen in die neu errichteten Kriegswerkstätten gegangen, daß es überall auf dem Lande an Arbeitskräften fehlte. Und doch war nie noch die Bestellung von solcher Wichtigkeit gewesen, denn vom Ertrag der Ernte hing letzten Endes ja der Krieg selbst ab. So wurden denn Kriegsgefangene als Ersatzleute an die Landwirte verteilt. Und Großmamas alter Inspektor bekam für die Feldarbeit strohblonde, blauäugige Russen mit stark hervortretenden Backenknochen, die sich durch ihre militärischen Mützen mit den gelben Streifen, sonst aber nicht sonderlich von manchen der Einheimischen unterschieden; schwerfällig gutartige Leute waren es, sahen nicht auf die Art der Kost, sondern nur darauf, daß viel davon da sei. Abends, nach getaner Arbeit im Gutshof sitzend, sangen sie, ehe sie sich hinter den vergitterten Fenstern ihrer Zimmer schlafen legten, noch lange ihre schwermütigen Volksweisen, und diese klagenden Melodien erweckten den Begriff einer Fähigkeit geduldigen Leidens, so groß wie die fernen Steppen, in denen sie entstanden. Für die Ziegelei und den Garten kamen Franzosen. Nervösere, verbissenere Menschen waren das, die anfänglich anspruchsvoll aufzutreten versuchten. Verhaltenen Ingrimm merkte man ihnen an, der sich einstweilen zwar noch mürrisch gegen die siegreichen Feinde richtete, sich vielleicht aber doch schon im stillen gegen die eigenen Machthaber zu wenden begann, deren jahrelange Wühlarbeit und Verhetzung zu all dem gegenwärtigen Jammer geführt hatten. Nach einigen Schwierigkeiten mit dem Inspektor fügten sich aber auch die Verdrossensten in das Räderwerk der täglichen Aufgaben. Und auch dies war eine seltsame Wirkung des großen Wandlers, daß all diese fremden Leute in dem Lande, das zu zerstören sie einst mit klingendem Spiel ausgerückt waren, nun friedliche Arbeit taten und an dem Gedeihen seiner Saaten und Früchte mitwirken mußten.

Aber auch für die beiden Enkel brachte der Frühling Veränderungen. Der Marineoffizier fuhr jetzt auf einem U-Boot, und der jüngste, der zum Fliegerdienst angenommen worden, hatte seine Ausbildung beendet und flog draußen an der Front. Beide schrieben überglücklich. Der ältere etwas gesetzter und mit einer gewissen angelernten Gemessenheit, aber voll grenzenlosen Vertrauens in die neue Waffe, die sicherlich den Krieg noch zu siegreichem Ende führen werde. Am strahlendsten war der jüngste; er hatte ein so starkes Empfinden für die Poesie vollendetster Technik, für das Herrscherbewußtsein, das die Bemeisterung mechanischer Schwierigkeiten verleiht; aus den ersten Beschreibungen seiner Flüge, die bei Großmama eintrafen, klang ein Jubeln, als sei er dort oben der Sonne wirklich nähergekommen und brächte etwas von ihrem Leuchten mit sich herab. Und Großmama empfand dankbar die große Bevorzugung, daß dieser Krieg, der Millionen aus all dem herausriß, was sie werden wollten, ihren beiden das größte Glück zu bringen schien, sich noch in diesem Erdendasein und voll bewußt zu dem entwickeln zu dürfen, wozu sie ihrem innersten Wesen nach bestimmt waren. Sie begriff auch die Intensität des Lebens, das die beiden in ihren zwei verschiedenen Elementen führten, daß es da Stunden gab, die in ihrer Spannung und äußersten Willensbetätigung ganze Jahre gewöhnlichen Daseins aufwogen, und sie erkannte, daß, so sehr all dieses Trachten und Anstrengen auch unmittelbar auf Zerstörung gerichtet war, ihm doch etwas von dem Höchsten, das der Mensch zu erreichen vermag, dem Schöpferischen, innewohnte. Denn Heldengedichte lebten ja diese beinah noch knabenhaften Männer, von wunderbarerer Abenteuerlichkeit und schauerlicherer Großartigkeit als sie Iliade oder Nibelungenlied besingen. Schöpfer waren sie von nie dagewesenen Kriegergestalten, die ihre erbitterten Kämpfe ausfochten tief unter den Meereswogen, hoch über des Himmels Wolken, Wesen, jetzt schon sagenhaft, die weiterleben würden, gleich St. Georg oder Siegfried, dem frohen Recken.

Im Mai traf es sich, daß beide Enkel gleichzeitig in Berlin zu tun hatten. Urlaub, um heim zu fahren, konnten sie nicht nehmen, da entschloß sich Großmama, selbst nach Berlin zu kommen, um endlich wieder einmal mit den beiden zusammen zu sein. Beinah etwas befangen war ihr zumute bei dem Gedanken, die wiederzusehen, die inzwischen so Überwältigendes erlebt hatten, daß es schien, als könnten sie danach gar nicht mehr dieselben sein, die sie hatte hinausziehen sehen. Etwas beinah Ehrfürchtiges mischte sich in die Gefühle, mit denen sie, die Greisin, diesen so ganz Jungen entgegenfuhr. Neben all dem Erstaunlichen, was jene in diesen kurzen Monden geschaut und selbst geleistet, erschien ihr das eigene lange Leben mit all seinen Erfahrungen klein und gering, und die stille Pflichterfüllung, die es doch gekennzeichnet hatte, als ein Selbstverständliches.

Und im ersten Augenblick kamen ihr die beiden wirklich etwas fremd vor, so sehr hatte sich der selbstbestimmende, verantwortungsvolle Ausdruck, den sie bei jenem unvergeßlichen Auszug vom Schloß zuerst an ihnen bemerkt, in der Zwischenzeit verstärkt. Das Ende des ersten großen Lebensabschnitts war jener Tag gewesen. Was aus ihnen werden konnte, hatte ja längst in ihnen gelegen, durch die Ereignisse aber war es sichtbar geworden. Und Großmama schaute mit liebevoll besorgtem Forschen und doch etwas schüchtern wie vor Neuem, das sie erst ergründen mußte, diese Enkel an, die beide das Eiserne Kreuz an der Seite trugen; und sie sah, wie scharf und hart die Züge geworden, über deren weiche Kindlichkeit sie sich einst gebeugt, wie stählern federnd sich die hagern Glieder bewegten, deren Unbeholfenheit sie zuerst geleitet.

Dann führte sie die beiden in die Zimmer, die sie ihnen im Hotel gerichtet hatte. Große Sträuße von Blumen aus dem heimatlichen Garten hatte sie ihnen mitgebracht und dazu in der Stadt Lorbeerzweige besorgt und alles damit geschmückt. Als nun aber die Enkel den vielen Lorbeer sahen, waren sie plötzlich wieder ganz die alten. Sie brachen in ihr knabenhaftes Lachen aus, dessen frohes Schallen so oft die weiten Räume des alten Schlosses erfüllt hatte, und riefen: »O Großmama, du willst doch nicht etwa Heldenkultus mit uns treiben!« Etwas betreten und doch auch schon halb mitlachend antwortete Großmama:»Nun, Kinderchen, ich meine, verdient hättet ihr es eigentlich!« – »Aber es ist doch immer etwas genierlich,« meinte der Seemann, »und nun gar von dir.« – »Und man tut doch nur Selbstverständliches, man könnte ja gar nicht anders,« sagte der Flieger. Das Wort tat Großmama wohl, es kam wie aus ihrem eignen Innern. Sie nickte. »Ja, aber was ihr alles habt sehen müssen.« Der gleiche Schatten glitt über beide Gesichter. »Ja, das war weitaus das Schlimmste,« antwortete der Seemann. Der Flieger aber sagte mit einem abschließenden Ausdruck: »Man darf eben nicht viel zurückdenken.«

Und mit diesen Worten war eine andere Sorge Großmamas verscheucht. In Erwartung des Wiedersehens mit den beiden ihr noch bleibenden Enkeln hatte sie manchmal mit Bangigkeit gedacht, daß die Erinnerung an den für immer fehlenden gar zu schmerzlich darauf lasten würde. Es wurde nun zwar des Geschiedenen bald mit liebevollen Worten gedacht, aber dann erwähnten ihn die Brüder nicht wieder. Sie hatten offenbar lernen müssen, wie man die innern Augen gegen Unabänderliches schließt und abtut, was die eigene Tatkraft schwächen könnte. Es berührte Großmama zuerst etwas befremdend, aber dann erkannte sie darin gerade den Geist, den sie den Enkeln ja stets gewünscht hatte. Selbstverleugnung lag in diesem scheinbaren Vergessenkönnen: auf ein Versinken in Trauer hatten die ja kein Recht, die sich mit Leib und Seele gar nicht mehr selbst gehörten; zur Vollbringung ihrer Aufgaben mußten sie die Zeit nützen und Gefühlsopfer zu bringen wissen, bis vielleicht das höchste Opfer auch von ihnen gefordert wurde. Es gab eben auch bei diesen, außer glorreich leuchtenden Taten, noch manch stilles Heldentum, das durch kein Kreuz belohnt werden konnte, sondern selbst ein im Verborgenen getragenes Kreuz war.

So hatte sich das alte Verstehen zwischen Großmama und den Enkeln rasch eingestellt. Dann schlugen die beiden vor, essen zu gehen, und Großmama, die ihre Mahlzeiten sonst immer in ihrem Wohnzimmer einnahm, mußte sich bequemen, mit ihnen im Speisesaal zu essen, denn nach Zurückgezogenheit war den beiden gar nicht zumute; voll gesunder Jugendlichkeit, wollten sie Menschen sehen, Musik hören, diese paar Tage genießen, die wie Geschenke des Geschicks waren. Später am Nachmittag fuhr Großmama mit den Enkeln aus. Siegesfahnen wehten in allen Straßen, denn es war zur Zeit des großen Durchbruchs nach Osten. Die weißen Fahnen mit dem schwarzen Adler auf den Regierungsbauten standen wie blendend helle Tupfen gegen die violetten Wolken, die sich am blaßblauen Himmel ballten. In den Straßen gingen die Menschen mit freudig belebten, von neuem Hoffen erfüllten Gesichtern. Immer wieder schauten sie hinauf zu den flatternden Flaggen, die mit ihrer frohen Buntheit die Häuserreihen füllten; große Errungenschaften kündete ihr Rauschen, und noch größere Verheißungen schienen ihre wogenden Falten zu schwellen: würde dieser Siegeszug gen Osten vielleicht den ruhmreichen Frieden bringen? Alle sicherlich hofften es. Großmama jedoch dachte dabei an die vielen draußen, denen dieser also gefeierte Siegestag zum letzten geworden, die, auf fernem Boden still liegend, mit offenen Augen zum Himmel starrten und die Sonne doch nicht mehr gewahrten. Und währenddessen schritten daheim, in den flaggendurchwehten Straßen, schöne Frauen und schauten wohlgefällig auf die beiden wettergebräunten Enkel in ihrer gestählten Jugend; – ein flüchtiges Spiel der Blicke, ein leises Lächeln huschte hin und her, verband ein Zeitatom lang die aneinander Vorbeigleitenden, denen der Tag noch gehörte. Großmama bemerkte es, wie ein Erinnern an sehr, sehr Fernes – es war ja immer so gewesen – mochten auch noch so viel Leben entschwinden, das Leben blieb, und neben allem Wandel gab es doch auch, was sich zu allen Zeiten gleichgeblieben.

Zum Charlottenburger Schloßgarten fuhr Großmama mit den Enkeln. Der alten Gewohnheit, in jede Stadt, wo sie zusammen weilten, ihnen Werke der Vergangenheit zu zeigen, wollte sie auch heute folgen. Früher war das der Ausdruck eines ihr angeborenen Hanges zum Historischen gewesen, heute aber lag darin die ihr eigene Selbstbeherrschung, sich nie ganz vom Augenblick überwältigen zu lassen, so groß er auch sein mochte.

In feierlicher Abgeschiedenheit lag das Schloß hinter dem Gitter, mit den Ringern auf den Pfosten der weiten Einfahrt; blaßgrün hob sich die kupfergedeckte Turmkuppel gegen den Himmel ab, und gleich einer goldenen Flamme glänzte über ihr die Gestalt des sonnenbestrahlten Genius. Bald ließ Großmama halten und schritt mit den Enkeln durch den Garten, wo des Flieders blaßlila Dolden sich zu öffnen begannen. Ihr leiser Duft hatte etwas Wehmütiges; es war, als entsteige er nicht so sehr den Blüten dieses Jahres, sondern er schien von längst vergangenen Frühlingstagen her noch hier in der Luft zu schweben und war wie eine Begleitung zu Großmamas Worten. Denn von ganz fernen, alten Zeiten erzählte sie den lauschenden Enkeln, von Tagen, die sie selbst nicht mehr erlebt hatte, die aber in ihrer Kindheit den Menschen, als ein eben erst Vergangenes, noch ganz nahestanden. Hundert Jahre waren jetzt verflossen, seitdem ein russischer Großfürst in dieses Schloß gekommen war, um hier eine jugendliche Prinzessin zu umwerben. Und dort, in dem Mausoleum, am Sarkophag ihrer Mutter, hatte sie ihrem Bruder gestanden, daß der Bewerber ihr wohlgefiele. Ja, hier war recht eigentlich die Stätte, wo der Grund zu langer Freundschaft mit dem östlichen Reiche gelegt worden. Aber diese Freundschaft lag heute vernichtet in Scherben, und eben jetzt wehten draußen die Flaggen zu Ehren der Besiegung jener Macht. Welcher Wandel in Menschen, Anschauungen und Gefühlen, welch Erstehen neidvollen Hasses und Anwachsen unbeachteter Abhängigkeiten waren doch nötig gewesen, um daß gerade dieser Krieg überhaupt möglich werden konnte! – – Dann standen die drei in dem blaudämmernden Raume und schauten die weißen Marmorgestalten auf den vier Sarkophagen. Wo im Weltall mochte jetzt der Wesenskern, mochten die Seelen jener hier Dargestellten weilen? Und wenn sie von den Geschehnissen dieser Erde wußten, wie erschienen sie wohl vor ihrer höhern Einsicht? Ach, sicher verstanden die ins ferne Reich Gegangenen Zusammenhänge und Zwecke klarer als die noch hienieden Wandelnden, und was hier grausam-unverständlich und als fortwährendes Irren erschien, fand dort Deutung und Sinn. Großmama hielt fest an diesem Gedanken, der eine Hoffnung war, und, in der stillen Kapelle stehend, die so manche Träne gesehen, sann sie nach über Geschicke von Einzelnen und Völkern, über tiefste Schmach und Erniedrigung, aus der doch Größe und Stärke erstehen können, bis daß der Pendel der Zeiten auch ihnen wieder das Vergehen kündet, und im ewigen Wandel neue Gefahren aufsteigen, neue Entwicklungen erwachsen.

Aber rasch verstrichen die paar Tage, die den Seemann in das Marineamt, den Flieger hinaus auf den benachbarten Flugplatz geführt hatten. Soviel hatte man noch tun, sehen und besprechen wollen, und schon nahte der Abschied. Wo waren die Stunden nur geblieben?

Großmama hatte eigentlich beabsichtigt, die Enkel zu ihren Bahnhöfen zu geleiten und sie einer nach dem andern nach ihren verschiedenen Bestimmungsorten abfahren zu sehen. Aber gerade dagegen erhoben sie Einsprache. Großmama sollte vor ihnen abreisen, so daß die beiden sie noch in ihren Zug setzen konnten. Das

Stehen auf einem Bahnhof zwischen lauter Fremden und doch in gleicher Angst Geeinten, das Tücherwinken und Blicken nach einem enteilenden Zuge, das einsame Zurückgehen, all das wollten sie ihr, der Gebrechlichen, ersparen. Und wie sie angeordnet, geschah es. Ein wunderlich neues und süßes Gefühl war dieses Umsorgt- und beinah Kommandiertwerden für Großmama. Neu? – ja, – und doch weckte es zugleich ein Erinnern, hatte nicht einst vor langen Jahren, als sie selbst jung gewesen, der Großvater dieser Kinder ganz ähnlich sorgend über sie bestimmt und gewacht? Kehrten alte Zeiten wieder? Und während die beiden Enkel auf dem Bahnhof mit. festem Händedruck und einem »Auf Wiedersehen!« voneinander Abschied nahmen und jeder seines Weges seinem Geschick entgegenschritt, sann Großmama in dem der Heimat zurollenden Zuge nach, wie schön alles werden sollte, wenn die beiden endgültig heimgekehrt sein würden. Sie wollte ihnen dann alles übergeben und sich selbst endlich etwas umhegen lassen, denn sie fühlte sich müde von langer Lebensarbeit. Noch besser als früher würde sie von den Enkeln jetzt verstanden werden, denn es waren ja keine Kinder mehr, hatten inzwischen selbst gelernt, Visiere zu tragen, wußten nun, wieviel sich oft dahinter barg. Ja, wenn sie erst endgültig heimgekehrt sein würden! – – –

Oftmals wurden dann während der folgenden Monate auf des alten Schlosses Dach die stolzwehenden Fahnen gehißt, denn der Siegeslauf gen Osten ging ja unaufhaltsam weiter. Und zu dieser allgemeinen Freude gesellten sich für Großmama noch Gründe besonderer persönlicher Dankbarkeit. Von dem jüngsten Enkel sprachen die Fliegerberichte immer häufiger, zählten die Siege auf, die er droben in den Lüften erfochten. Das ganze Dorf feierte den Tag, da er den höchsten Kriegsorden erhielt. Nicht Großmama allein, sondern die ganze Gegend, wo jeder ihn kannte, schien ja mit umstrahlt von dem Glanz, der von seinem Namen ausging. Über den Seemann hörte man weniger. Sein Wirken lag ja in schauererfüllten dunkeln Tiefen, und die dort vollbrachten Heldentaten drangen nicht so in die allgemeine Kenntnis. Namen wurden in diesen Berichten nicht genannt, und in dieser Anonymität der Leistungen lag eine besondere entsagungsvolle Größe. Aber bei den sich mehrenden Zahlen der versenkten Schiffe wußte Großmama doch, daß einer dabei mitwirkte, dessen kindlichen Spielen mit Schiffchen, die alle ihr Ende auf dem Grund des Gartenteichs fanden, sie oftmals zugeschaut hatte. Tage stillen Stolzes, des Lichtes und der Zuversicht blühten Großmama. Ein sanftes Leuchten ging von ihr, der Uralten, aus. Und ihre Freude teilten die bei ihr genesenden Feldgrauen, teilte vor allem ihr Freund, der alte Pastor. Mit ihm, der die Enkel heranwachsen gesehen, entwarf sie Pläne für ihre Zukunft, denn sicher waren diese beiden, die sich jetzt schon so hervortaten, noch zu Großem bestimmt, würden, in ihrer Gewöhnung an völlige Verantwortlichkeit und Fähigkeit zum Entschluß, gerade als solche Männer aus dem Krieg hervorgehen, wie das Land sie bitter brauchte.

Und dann brach dies letzte Glück eines langen Lebens zusammen. Überfällig war das Tauchboot, das den Enkel trug. Banges Warten, angstvolles Forschen füllten die Tage und Nächte. Endlich traf die Kunde ein, daß ein paar der Mannschaften an fremder Küste gelandet waren. Der eine heißersehnte Name aber war nicht unter ihnen. Schließlich kam langsam durchsickernd Kenntnis der Aussagen, die jene wenigen Überlebenden über des Schiffes Zerstörung, über den Tod ihrer Kameraden gemacht. Aussagen, bei denen das Herz sich zusammenkrampfte und der Verstand nicht verstehen wollte. Es konnte doch nicht wahr sein! Selbst die Ungetüme der Meerestiefe mußte ja das Entsetzen erfaßt haben, als sie solches geschehen sahen! Wie war das Ungeheuerliche nur zu ertragen?

Als kein Zweifel mehr möglich, kamen zaghaft einig ihrer feldgrauen Pflegebefohlenen zu Großmama, wollten warmen Herzens und voll natürlichen Zartgefühl ihre Teilnahme bezeigen. »So jung! So jung!« konnte der eine bärtige Landsturmmann nur immer wiederholen. Aber ein anderer sagte: »Der liebe Gott fragt eben bei keinem von uns, wie lange er gelebt hat, der fragt immer nur wie.« – »Vielleicht scheint solch ein armes junges Leben auch nur uns unfertig, und vor ihm ist's doch was Vollendetes,« meinte sein Kamerad. Und ein vierter sagte: »Ich denk immer, er braucht halt droben auch Soldaten.«

Ganz schlicht sprachen sie auf ihre Weise ähnliche Gedanken aus wie die, woran Großmama selbst sich in diesen Tagen immer wieder anzuklammern getrachtet hatte, wenn das Gesetz des Sterbens, dessen Erfüllung ihr für sich selbst leicht, weil natürlich erschienen wäre, sie als ein unlösbares Rätsel anstarrte, da dieser Jugendliche ihm verfiel. Das Mitleid mit diesem grausam Dahingerafften wurde oft so groß, daß es zum würgenden Ersticken anschwoll, und gar zu sinnlos schien es, daß von den dreien, die sie zu langem segensreichen Leben vorzubereiten getrachtet, nun schon zwei vernichtet waren, ehe die Keime, die sie ihnen einzupflanzen gesucht, so recht Früchte getragen hatten – denn was Jene Großes in ihrem kurzen Dasein auch geleistet, wollte ihr doch nur ein Hinweis scheinen auf Größeres, zu dem sie befähigt gewesen und das sie nun nimmer vollbringen würden. Aber dann hatte sie sich immer wieder vorzuhalten gesucht, daß solch Schicksal, das Blüten hinwegrafft, die grausam unverständliche Härte blinden Zufalls eigentlich nur für den behält, der noch nicht vermag, es in größern Zusammenhängen zu denken. Aber die Kräfte und Eigenschaften, die jeder in diesem Leben erworben, wurden eben nicht nur für dieses kleine Erdenleben gesammelt, sondern um hernach, wo sie im Weltall gerade nötig sein mochten, eingesetzt zu werden. Das Tor aber zu dieser Neuverwendung, durch das der eine früh, der andere spät erst schreiten mußte, hieß Tod. Und es mochte wahr sein, was der Feldgraue sagte: Vielleicht wurden droben Soldaten gebraucht.

So litt Großmama um diesen zweiten Enkel, was sie vor wenigen Monden um seinen Bruder, vor vierundvierzig Jahren aber schon um den eigenen ältesten Sohn gelitten hatte, und in dem frischen Leid erwachte jedes frühere aufs neue. Sie entsann sich, wie auch die Eltern der drei Knaben jäh gestorben waren, und wie ihr eigenes Leben fortan nur ihnen noch gegolten hatte. Witwenschaft und Kinderverlust hatte sie mutig ertragen, um den Enkeln zu ersetzen, was sie verloren. Ihr eigenes Leben mit diesem einen Ziele mußte nun aber auch als zwecklos gelten, wenn sie sich nicht zur Überzeugung durchzuringen vermochte, daß die Samenkörner, die sie in der Enkel Herzen gelegt, doch noch in anderen Welten eine Ernte tragen würden.

Mitten in diese tiefe Trauer, in das Tasten, nach einem Halt, woran sich wieder aufzurichten, um des Lebens Bürde weiter tragen zu können, kam die Nachricht, daß der jüngste Enkel demnächst einzutreffen gedächte, da er einen längern Urlaub erhalten habe. Hohe Stellen hatten ihn ihm ungebeten angeboten. Man wollte der alten Frau wohltun, die einst Mann und Sohn, und jetzt zwei Enkel dem Vaterlande geopfert hatte. In dem Schmerz um die Verstorbenen war aber der Gedanke an diesen einen ihr Verbliebenen in dieser Zeit etwas zurückgetreten. Jetzt erst vergegenwärtigte sie sich, bei dem Jubel, den die Nachricht seiner baldigen Heimkehr in der Gegend erregte, welchen Platz dieser allerjüngste gerade während der letzten Wochen in der Welt errungen hatte. Einer der an Siegen reichsten Flieger war er ja geworden, und unter den Helden der Lüfte stand sein Name an einer der ersten Stellen, gehörte zu denen, die niemals mehr vergessen werden konnten. Etwas wie Daseinsfreude, dies doch noch zu erleben, regte sich wieder in Großmamas Herzen, und es tat ihr wohl, zu hören, mit welcher Begeisterung er, der als halbes Kind Ausgezogene, jetzt zurückerwartet wurde. Jung und alt wollte ihn am Bahnhof abholen. Großmama sollte nur ja gleich bekanntgeben, sobald sie wußte, wann er eintreffen würde.

Und dann erfuhr sie, wann er eintreffen würde – erfuhr aber auch wie. Nicht als einen noch unter der Sonne Wandelnden, zur Sonne Fliegenden durfte sie ihn erwarten. Und die ihn am Bahnhof abholen wollten, würden, statt ihn jubelnd zu begrüßen, hinter seinem Sarge schreiten. Auch er »gefallen im Felde«, wie es auf so manchen Gedenktafeln der Schloßkirche hieß.

Am Tage, da er Urlaub antreten wollte, war seine Staffel gegen ein nahendes feindliches Geschwader aufgestiegen. Er selbst sollte gar nicht mehr dabei sein, aber im letzten Augenblick hatte er doch noch den Platz eines plötzlich erkrankten Kameraden eingenommen. Droben, während des Kampfes, war sein Motor schadhaft geworden, und hinter unsern Linien war er tödlich abgestürzt – ein Unbesiegter. So lasen es Millionen in den Zeitungen, die ihn nicht gekannt und doch geliebt hatten. So erfuhr es auch Großmama. Aber die Trauer aller war so groß, daß man beinah vergaß, an die dieser einen zu denken. Er gehörte ja auch allen, weil er für sie alle gestorben war.

Draußen im Felde war eine große Trauerfeier für ihn gehalten worden. Entfernte Vettern, die nun des alten Schlosses künftige Erben sein würden, waren dazu hinausgefahren. Sie würden ihn auch heimbringen. Von den dreien, die ausgezogen waren, sollte er allein zurückkehren, er allein in der Gruft unter der weißgoldenen

Kirche ruhen. Die beiden Brüder lagen ja in Feindesland, auf Meeresgrund.

In ihrem Zimmer schrieb Großmama selbst die Todesanzeige dieses letzten Enkels, und sie erwähnte, darin wiederholend, noch einmal die Namen der beiden Brüder, die ihm vorangegangen waren. Dann legte sie die Feder nieder, als sei es unmöglich, nach diesen Worten je noch andere zu schreiben. Sie hob den Kopf, und durch die offene Gartentür blickte sie hinaus, wo um die verwitterten Steinfiguren all die Sommerblumen blühten, gleich Wiedergekehrten des vorigen Jahres, blickte hinab in das Tal, wo eine neue Ernte reifte und die Bäume voller Früchte hingen. Aber nachdem sie eine Weile auf die heimatliche Landschaft sinnend geschaut, griff sie noch einmal zur Feder, und unter die fertige Anzeige setzte sie mit fester Hand die Worte: »Gib uns, o Gott, dereinst einen Frieden, würdig dem Sinn und Geiste derer, die sich für ihn geopfert.« Sie hatte das unter keiner der unzähligen Todesanzeigen gelesen, die der Krieg bisher gebracht, und doch fühlte sie, daß es unter jeder einzelnen hätte stehen sollen, weil es gerade das war, woran allein Millionen der Trauernden sich aufzurichten vermochten, das, was Tausende der Gefallenen sicherlich noch in ihren letzten Augenblicken gewünscht haben mußten. Von den eignen drei Enkeln wußte Großmama es ganz genau. Denen war die Heimat, war Deutschland wirklich über alles gegangen, weit über die eigenen, jungen Leben. Sie erinnerte sich, wie die drei, am Abend vor dem Kriegsbeginn, dort an der Mauer des Gartens noch einmal gestanden und hinausgeschaut hatten auf ihr gesegnetes Tal. Ein leiser Lufthauch kam jetzt wehend aus der Ferne, als trüge er auf seinen Schwingen die damaligen Gedanken jener nun Entschwundenen: was liegt an uns, die Heimat nur darf nicht Schaden nehmen. Aber nicht nur unbeschädigt und ungemindert mußte das Heimatland bleiben, wenn auch dies schon ein Wunder war den Übermächten gegenüber, nein, es mußte aus dem Kampfe gefestigter und gesicherter hervorgehen und dadurch bewußter auch der großen deutschen Mission im langen Entwicklungsgange des gesamten Menschengeschlechts. Das allein würde im Sinn und Geist derer sein, die sich geopfert. Großmama glaubte ganz deutlich zu vernehmen, wie drei Stimmen es ihr zuflüsterten aus fernem, überirdischem Reich.

Während sie noch so sann, knirschte draußen der Kies, und aufschauend gewahrte sie den alten Pastor, der auf dem von Buchs umsäumten Wege zwischen den grauen Sandsteinfiguren geschritten kam. Auf ihren Stock mit dem weißen Porzellanmäuschen gestützt, trat sie aus dem Hause und ging ihm entgegen, und sie standen zusammen an des Gartens Brüstung. Er berichtete über die letzten Vorbereitungen für die Beisetzung, sprach von den Deputationen, die sich angesagt hatten, von den Fliegern des nächsten Flugplatzes, die das alte Schloß während der Feier umkreisen wollten. »Und unsere Orgelpfeifen werden auch noch dabei sein,« sagte er. »Tags darauf kommen sie fort, um eingeschmolzen zu werden. Es ist doch schade um sie.«

Großmama aber glaubte bei den Worten noch einmal die Sonne eines fernen Tages zu sehen, wie sie damals in die Kirche geschienen und in ihrem Lichte drei kleine Knaben gestanden hatten. Ihre Orgelpfeifen hatte sie sie damals lachend genannt und gewähnt, die Stimmen dieser Kinder würden noch viele Jahre froh erschallen, nachdem ihre eigene längst für immer schwieg. Und statt dessen waren jene so plötzlich verklungen – wie ein abgerissenes Lied. – Aber, dachte sie wehmütig weiter, ob früh, ob spät, Rohstoff war ja alles, Menschen und Dinge, zum steten Umformen vorausbestimmt. Durch den Schmelzofen gingen die Metalle, durch den Tod die Menschen, um zu dem Neuen gewandelt zu werden, das gebraucht wurde. Jede Einzelerscheinung, so geliebt, so beglückend sie auch sein und so unersetzlich sie scheinen mochte, war ja doch etwas nur ganz vorübergehend Notwendiges. Und es galt, den Blick zu weiten zu einer Erkenntnis, die hinausreichte nicht nur über das Einzelne und dieser Zeit Wirrsal des Hassens und Mordens, sondern über alle irdischen Daseinsformen, wie wir sie kennen, weit hinweg. Nur wer in der gesamten Menschheit eine ephemere Gestaltungsart letzten unvergänglichen Inhalts sah und im Tod den Durchgang zu seiner Umwandlung erblickte, vermochte des kurzen Erdenlebens schwere Verkettung von Verlust und Schmerz ohne Verzweiflung zu ertragen.

Und Großmama sagte: »Ach, Herr Pastor, was ist denn schade?«

Da nickte der alte Mann und antwortete leise: »Wir sind in diesem Leben wohl immer nur unsere eigenen Vorläufer.«

Über tredition

Eigenes Buch veröffentlichen

tredition wurde 2006 in Hamburg gegründet und hat seither mehrere tausend Buchtitel veröffentlicht. Autoren veröffentlichen in wenigen leichten Schritten gedruckte Bücher, e-Books und audio-Books. tredition hat das Ziel, die beste und fairste Veröffentlichungsmöglichkeit für Autoren zu bieten.

tredition wurde mit der Erkenntnis gegründet, dass nur etwa jedes 200. bei Verlagen eingereichte Manuskript veröffentlicht wird. Dabei hat jedes Buch seinen Markt, also seine Leser. tredition sorgt dafür, dass für jedes Buch die Leserschaft auch erreicht wird.

Im einzigartigen Literatur-Netzwerk von tredition bieten zahlreiche Literatur-Partner (das sind Lektoren, Übersetzer, Hörbuchsprecher und Illustratoren) ihre Dienstleistung an, um Manuskripte zu verbessern oder die Vielfalt zu erhöhen. Autoren vereinbaren direkt mit den Literatur-Partnern die Konditionen ihrer Zusammenarbeit und partizipieren gemeinsam am Erfolg des Buches.

Das gesamte Verlagsprogramm von tredition ist bei allen stationären Buchhandlungen und Online-Buchhändlern wie z. B. Amazon erhältlich. e-Books stehen bei den führenden Online-Portalen (z. B. iBookstore von Apple oder Kindle von Amazon) zum Verkauf.

Einfach leicht ein Buch veröffentlichen: **www.tredition.de**

Eigene Buchreihe oder eigenen Verlag gründen

Seit 2009 bietet tredition sein Verlagskonzept auch als sogenanntes "White-Label" an. Das bedeutet, dass andere Unternehmen, Institutionen und Personen risikofrei und unkompliziert selbst zum Herausgeber von Büchern und Buchreihen unter eigener Marke werden können. tredition übernimmt dabei das komplette Herstellungs- und Distributionsrisiko.

Zahlreiche Zeitschriften-, Zeitungs- und Buchverlage, Universitäten, Forschungseinrichtungen u.v.m. nutzen diese Dienstleistung von tredition, um unter eigener Marke ohne Risiko Bücher zu verlegen.

Alle Informationen im Internet: **www.tredition.de/fuer-verlage**

tredition wurde mit mehreren Innovationspreisen ausgezeichnet, u. a. mit dem Webfuture Award und dem Innovationspreis der Buch Digitale.

tredition ist Mitglied im Börsenverein des Deutschen Buchhandels.

Dieses Werk elektronisch lesen

Dieses Werk ist Teil der Gutenberg-DE Edition DVD. Diese enthält das komplette Archiv des Projekt Gutenberg-DE. Die DVD ist im Internet erhältlich auf **http://gutenbergshop.abc.de**

Zeitfracht Medien GmbH
Ferdinand-Jühlke-Straße 7
99095 Erfurt, Deutschland
produktsicherheit@kolibri360.de